謙卑的力量

吳若權

放下，才是真正的抵達

真正的謙卑，有它爬過人生險峻山峰的高度、
也有它堆疊愛恨悲歡情感的厚度，
在看似柔軟的形貌下，
有著最堅強的外在態度與內在品質。

十七歲的那一片沙灘，是我生命中最療癒的一張心靈沙發。每一個腳印，都可以乘載最大的喜悅、感謝、期盼、悲傷、憤怒、失望……每當我以發洩情緒的洪荒之力，使勁地踩下，劇力萬鈞的潮水便從遠方而來，化成千百朵浪花，

再激盪成細緻的泡沫，不費吹灰之力地，輕輕將一切悲喜哀愁的情緒撫平，也將所有的往事深埋。

那是我和你之間，最動人的記憶。

我始終相信海浪不曾沖去我的腳印，那些心事都不是瞬間的消失，而是剎那的埋藏。

如沉沒於海底那一艘古船。記憶，無論好壞，都因為深埋，而變成寶藏。長大以後的我，總在忙裡偷閒的片刻，來到這片十七歲的沙灘，在四下無人的時候，潛入記憶的深海，撿拾那些遺落在時光裡的腳印，重新找到屬於我的初心。

回頭望見古船中一對深藍的眼睛，彼此笑中有淚地凝望。然而，我們都只看到對方的微笑，因為所有的眼淚，都已經是大海。

那時的我，被成長種種的挫折擊敗，課業、升學、交友、親子……一無可取，全身傷痕累累。若還能在身上找到一點為人處世的特質可以拿來小小說嘴，大概只剩下對人的恭敬有禮。即使是不間斷的霸凌，從我身上踐踏過去的每一個人、每一件事，我都虛心受教著。

年少的滄桑很容易被風乾，遺留在微笑的嘴角。如今的我，或許在別人眼中，看到曾經翻轉生命的勇氣與歷練，但內心依然有很多不為人知的挫折痛苦，來自生命的無常。如果堅持要和命運敵對，所有的考驗依然是一種霸凌。反之，學會和它做朋友之後，所有的霸凌便都是一種值得衷心感謝的鍛鍊。

我仍然恭敬有禮地看待每一個人、每一件事，只不過熟年的滄桑，比較不容易快速風乾，當它殘留在微笑的嘴角，就嚐到生命的百般滋味。於是，每一刻想念，都是盛宴；每一次遇見，都是體驗。

原來，十七歲年少的謙卑，只是自卑。一路千山萬水，走到音樂大師李宗盛吟唱的〈山丘〉背後，已然是個熟齡男子，即使無人等候，都能歡喜接受，才恍然明白：真正的謙卑，有它爬過人生險峻山峰的高度、也有它堆疊愛恨悲歡情感的厚度，在看似柔軟的形貌下，有著最堅強的外在態度與內在品質。

勝利者口中的謙卑，常常是一種虛矯；
跟落敗者表現出來的自卑，其實是一體的兩面。

在華人社會，幾乎每一個人從小都被教導要懂得謙卑。但是，從「知道」到

「做到」之間遙遠的距離，有時候，甚至是從這輩子到下輩子。

謙卑，很容易被誤解。謙卑，也很容易淪為口號。

當一個人此刻說要謙卑，下一刻開始貶抑他人。這就是對謙卑最大的誤解，也是最空泛的口號。

勝利者口中的謙卑，常常是一種虛矯；跟落敗者表現出來的自卑，其實是一體的兩面。因為不夠自信，而只看到自己，沒有真正想到別人。

必須內心有愛，才能真正謙卑。因為愛，讓自我學會無私。謙卑，不是把自己看低一點，也不是刻意要求自己把身段放低一些，而是在想到自己的時候，同等比例地為別人也設想到。甚至，有一天，願意為了成全別人，而毫無眷戀地放下自己。

放下，才是真正的抵達。

放下煩惱，抵達平靜。放下牽掛，抵達自由。放下私慾，抵達無怨。放下榮辱，抵達不驚。

放下控制對方的念頭，才能抵達他的內心。放下對別人的成見，才能抵達自己的智慧。最終，會有那麼一天，放下所有的自己，抵達生命的遠方。

自卑的人，之所以無法真正謙卑，是因為把自己的尊嚴，看得太重。這時候刻意表現謙卑，是一種自虐式地討好對方。在遭遇不公平的對待時，沒有捍衛自己的勇氣與能力，也缺乏「忍耐這一刻」可以「翻轉下一刻」的謀略。於是，人前和氣，人後怨怒。既不肯原諒別人，也不會放過自己。

這種看似謙卑其實是自卑的心態，非常糾結。正因為曾經是自身最深刻的體驗，所以最明白這份痛苦與無奈。

謙卑，並非任由別人踩踏，而是意識到：忍耐，是基於自主的抉擇，不是源自被害的恐懼而不敢聲張。同理霸凌者的無知與軟弱，並學習保護自己不再輕易受傷。

如果有幸，能度過這個難處。重新建立自信之後，不但不再重蹈覆轍，也知道不要再讓別人承受同樣的痛楚。己所不欲，勿施於人。多了設身處地的悲憫，褪去自卑後的謙卑，如同卸妝之後的自信，才是最真實的展現。

現今的台灣社會，常處於這樣的兩極。無論政治上、網路界，甚至校園、職場，霸凌無所不在。自卑的人透過喬裝的謙卑，在亂世中粉飾太平。另一種因為自卑而表現高傲的人，毫無顧忌地拋開謙卑、或利用謙卑，聲張自己口中的正義，而屢屢陷別人於不義。

成功時保持謙卑，避免樂極生悲；挫敗時能夠謙卑，就不會怨天尤人。

關於謙卑的印象，我們從小就聽過的描繪，多半是「低頭的是稻穗，昂頭的是稗子」。意思是說，愈是成熟飽滿的稻穗，頭垂得愈低。只有稗子才會招搖顯擺，把頭抬得很高。據說，日本也有一句很近似的諺語「実るほど頭を垂れる稲穂かな」。

追溯更早期，《書經．大禹謨》：「惟德動天，無遠弗屆，滿招損，謙受益，時乃天道。」以及宋．陳師道〈擬御試武舉策〉：「君子勝人不以力，有化存焉，化者，誠服之也，故曰：『滿招損，謙受益。』」講的都跟謙卑有關的人生智慧。

歷史上的唐太宗，以謙卑聞名。他虛心納諫、聞過則喜，營造貞觀之治的清明。「明主思短而益善，暗主護短而永愚。」這一番話，正是他信守謙卑、敬人律己的心聲。

成功時，所要保持的謙卑，既是內在的提醒，也是行為的節制。在顧及他人觀感的同時，也能保護自己的安全。以免遭忌、或發生意外。警惕世人不要「樂極生悲」，這也是一種謙卑的叮嚀。

相對於成功時的謙卑，更不容易做到的是：挫敗時，仍然可以保持謙卑，而不是自卑。挫敗時，真正的謙卑，代表全心全意地接納與順服。不再怨天尤人；也不過度自我苛責。既是情緒的停損，也是心靈的療癒。

那些在面臨挫敗時產生的忌妒、憤怒、羞恥與不甘心，其實都是因為對自己與對別人的不夠謙卑。

若參加任何競賽時，碰到挫敗，感到痛苦難過，而久久無法從失敗中站起來，通常是忘了尊敬對方有贏的戰力，而高估自己面對競爭的實力，貶抑自己可以重新站起的努力，才會認為「不該輸」「不會輸」「不能輸」。

相對地，如果遇到上天出題考驗的人生意外，只要能夠真正謙卑地認識因果、看到自己的軟弱與不足、願意學習經驗與智慧，把祝福迴向給眾生，就比較容易離苦得樂。

清者自清；濁者自濁；即使澄清事實，未必恢復平靜。

幾個月前，某位陌生的網友私下留訊，提醒某個網頁討論區有個關於我的話題，正在熱議中。其實我平日忙到沒有心思與時間去道聽塗說，但那天正好有個空檔，在一時好奇之下點選連結，果真看到有個網友貼出不實指涉的主文，下方接著是百位以上素昧平生的網友，不明究裡地以正義之姿，附和說詞而串聯成極具人身攻擊的酸言酸語。

由於這篇文章內容嚴重悖離事實，第一時間讓我有種「啞巴吃黃蓮，有苦說不出」煎熬。我很清楚心中的兩難之處：其一是，若在此時發文澄清，猶如火上加油，「公說公有理，婆說婆有理」，在情緒高漲的對話中，是非黑白難以分辨，會助長不實言論繼續蔓延；其二是，如果不做任何處理，豈不讓那些誤解我的人，對我的嫌隙更深。

當下我覺得抱歉之至，不知道自己是否在哪個場合，無意間對某些人際關係處理有所疏失，才會造成對方發出如此有針對性的情緒攻擊。只要他可以當面或寫信告訴我，我絕對願意致歉賠罪。無論是哪件事，不管我有沒有理虧，既然引起他的不悅，或是造成他的困擾，我都應該真心向他道歉。

而另一方面，我的律師朋友秉持一貫的正義感，開始主動蒐證，詳列可以提告的理由。其他關心我的知己好友，大多認為絕對不能輕易縱放這些違背事實的言論。但我沒有太多考慮或猶豫，就立刻決定不再上網回應這件事情。

好友們對我的疑惑是：「你不生氣嗎？」「你擔心什麼？」「為何不澄清？」其實在決定放下的同時，我就回答過自己這個問題：「因為我要的是自己內在的平靜。」尤其是當我找到證據，可以還原事實真相的那一刻，我已經得到平靜。其他的榮辱毀譽，已如過往塵煙。

罵我的人、討厭我的人，絕對不只他一個。我再怎麼努力，一個一個去澄清事實，不但無法撫平他們的情緒，甚至還會更對立。如果我要的真的只是平靜，這一刻我已經得到。

不只一次經歷類似的「網路霸凌」的事件，讓已屆熟齡的我，因此更能切身體會年輕孩子闖蕩於不同網路社群平台時，有可能遭受到哪樣的對待。被無端攻擊的時候，憤怒與恐懼的情緒，經常相伴相生。

如果我們時時刻刻，想到的只是反擊對方，最大的損失將會是：忽略了該即時回復平靜的自己。這並非鼓勵大家，事事做到「打不還手」「罵不還口」，而是提醒你跟我一起思考：「回應的真正目的是什麼？」以及「哪種回應的方式最能達到這個目的？」

對於某些狀況而言，蒐集證據、訴諸法律，可能是一個理性的底線。如果你願意把生命最寶貴的時間，花在「討回公道」，這確實是一條可以考慮的解決方向。但，請確定你最終的目的是在「討回公道」上。

而我很確定我要的是「內在的平靜」，於是「此刻就放下」會是比較快速有效的選擇。

有位高中生，跟我討論過類似的問題，他認為「保護自己」是最終的目的。我請他思考的是：你想保護的是自己的「內心」或是「名譽」？

才十幾歲的他，很有智慧。想了幾分鐘之後，他很坦白說：「一開始想到的是『名譽』；但再多想一點，發現我最該保護的是『內心』。」

沒錯啊。「名譽」是長在別人的嘴上；「內心」才真正屬於自己！就算要在乎別人對你的看法，該在乎的是那些真正愛你、願意包容你的缺點、給予你指導、陪伴你改進與成長的對象；而不是網路上那些對你一無所知的酸民啊。

人生在世，若要爭一口氣，該爭的是新鮮的空氣，不是情緒的意氣

事隔月餘，和老友相見。他問及我在網路上被無端攻擊的事，我當下的反應竟是一頭霧水，幾乎忘得乾乾淨淨。經過提示，他不可置信地說：「難道你真的不在乎？」

我真心回答，對於那個在網路上攻擊我的人，我在乎自己過去有沒有對不起他；如果沒有的話，我更在乎的是對方現在的感受。如果他一直處在這麼不開心的情緒，即使我的回應或澄清，再怎麼出自真誠，都可能再度節外生枝。事已至此，何必苦苦相逼？不如就這樣，放下吧！

因為選擇放下，所以我已經抵達。

在生命面前，學會謙卑。這要感謝母親，二十幾年來以她的病體，現示生命的尊貴。再沒有任何事情，可以比好好活下去，更值得珍惜。若要爭一口氣，該爭的是新鮮的空氣，不是情緒的意氣。

老友因此說：「你十幾年來，真的變得愈來愈有自信。」

是啊，我漸漸也發現自我的改變。但我增加的這一點點自信，並非建立在任何功成名就的輝煌裡而是來自面對困境的勇氣、以及超越阻礙的努力。

當我一次又一次看見自己的軟弱，就又一次又一次地鍛鍊自己的堅強。經過更多的挫敗；獲得更多的成熟。

「不以物喜；不以己悲。」既是自信；也是謙卑。

謙卑，不只是肉身的姿態，也不會只是內在的心態，更是靈性上的大愛。把自己看得和別人一樣重要；也把別人當作是自己的一部分。有情是眾生；眾生皆有情。

我們都在浩瀚的宇宙中同感共振，連結每一個心，經驗每一次愛怨歡悲。珍惜連結，打開心結。不必原諒；就能和解。

我常回到十七歲那年的沙灘。以中年的雙足，追逐著少年的腳印。潮來潮往，並沒有真正淹沒一切，而是把所有的遭遇，都埋藏在大海裡。只要潛入其中，就可以找到古船，凝望那一對藍色的眼睛。

承認恐懼；才會勇敢。接受軟弱；所以堅強。

十七年，可以讓嬰孩成長為青少年，也可以讓青年走到熟年。當我的腳步隨著時光走遠，只要回到這片沙灘，就能撿拾回差點就要遺落在紅塵的初心。

距離上一次談「謙卑的力量」，至今剛好滿十七年。「謙卑的力量」依然歷久彌新，只不過我們在人生路上漸行漸遠之後，但願還能與自己的初心，愈來愈靠近。

《謙卑的力量》重新編列為我的第一一三號作品。因為一些生命中冥冥安排的巧合因緣，讓它可以在二〇二〇年問世，剛好可以取其「廿」字的諧音，念念不忘，必有迴響。

邀請你陪我在大時代的流光裡溫故知新，體驗並實踐「謙卑」這美好幸福的品格，以及它所兼具溫柔與堅韌的力量。

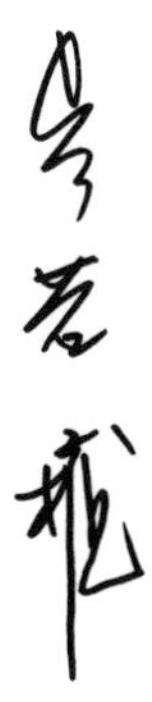

目錄

氣度的謙卑

不要忽視無形的本質，裡面蘊含巨大的力量——042

謙卑的力量，不在於形體的小、氣勢的強弱，
而是用柔軟的姿態，包覆堅實的心念。
以既懂得保護自己，也不使對方受傷的厚道，
成就自己、同時也不忘成全別人。

親情的謙卑

活得像母親一樣，在遺憾中學會堅強——056

樂觀開朗的生活態度，是最幸福的遺傳。
即便願意為家庭犧牲，都不要和自己的快樂相牴觸。
讓自己活得更好、更健康、更快樂，
就是對母親最好的報答。

身心的謙卑

放鬆，才能聽見生命的召喚——066

在生命面前，沒有人是強者。
現實生活裡愈是意志堅強的人，將愈早體驗這個無奈。
承認自己的極限，順服於生命，
我們才會開始學習如何和自己相處，讓種種壓力來去自如。

天份的謙卑

唯有用心發掘，每個人皆有各自的天份 —— 080

成功，不只是天份的問題、更是態度問題。
忠於自己真正的興趣，持續發揮自己的潛力，就可能成為天才。
所謂「貴人相助」，固然是多了拉一把的力量，
但在此之前，你總得自己把手舉起來吧！

生死的謙卑

當微風吹動，在生命盡頭看見溫暖的光 —— 092

在悲慟中，
溫柔是最堅強的支持力量。
當「樹欲靜而風不止；子欲養而親不待」的遺憾已然成為事實，
只能衷心盼望微風吹動時，法音清流永在心中。

輯二

人與人之間，甜並非壞事，淡卻別有滋味

輯三

保有彈性，讓人生擁有更多選擇。

▨ 變通的謙卑
彈性，不只重要、而且必要——164
如果不能保持適當的彈性，
很可能讓自己到處碰壁，無路可走。
反之，擁有愈大的彈性，代表選擇性愈多、適應力愈強，
於是，發揮的空間就會更寬廣。

▨ 簡約的謙卑
幸福像撲滿，每天存一點，未來更豐盈——174
有撲滿的人，才是最幸福的。撲滿，不只可以用來存錢，
也可以同時把對未來美好的想像放進去。
撲滿，不只儲存了今天的價值；
它還送你明天的希望，是比金錢更有價值的利息。

▨ 財富的謙卑
試著與金錢做好朋友——186
錢不是萬能；沒有錢也萬萬不能。
如果其他條件不變，有錢的人，一定比沒錢的人快樂。
做自己真正有興趣的事，展現自己與眾不同的才華與熱情，
財富自然地就會跟著你的腳步而來。

輯四

小小的行動，會為人生帶來大大的改變

▨無常的謙卑

魚塭的水面上，浮現山的倒影，
山上有兩盞路燈，漂浮在水面上。
人生無常，
是愛與希望，讓我們看見了生命的光。

▨藝術的謙卑

心境改變的，不只是視覺；
而是整個青春沉澱之後的透徹與安靜。
多采多姿的生命，穿過歲月的鏡片透視，
黑白竟是最耐人尋味的色彩。

▨學習的謙卑

深造，只是改造的手段之一；
改造，則是深造唯一的目的。
改造不見得要靠深造才能完成；
但不想改造，就會失去深造的意義。

輯一

愛，是生命的答案，一定要讓自己活得更好。

劣幣驅逐良幣，必須打造自己成金幣

既看到自己想要得到的品質，
也想到對方必須承擔的成本，
合理地對待彼此，
才能終止誤解「C／P」值的惡性循環。

身邊很多認真本份的朋友、甚至包括之前的我自己，面對生命中明明已經非常盡力、但結果卻不如預期的功過成敗，總會感慨萬千地喟嘆：「唉，真是劣幣驅良幣啊！」然後聚集更多知音後，彷彿是自動組成的「失意者陣線聯盟」，逐漸把萬千感慨，變成同仇敵愾。

是啊！劣幣驅逐良幣。例如：

外型和個性都很好的女孩，她的男友竟然劈腿了，對象是個條件比她差很多的人。

準時上班，而且經常加班的某君，在公司內失去晉升的機會。另一個不太認真做事、很會爭功諉過的同事，卻以「跳槽」恐嚇主管，奪走升官的機會。

未能嚴格遵守公司業務準則的銷售員，卻靠旁門左道的方法，贏得業績排行第一。

模仿抄襲、並偷工減料的產品，以較低廉的售價，在市場後來居上，打敗已經默默耕耘多年，花費巨資在研發創新的品牌。

以人工味精加料的餐飲，大大賣贏本著良心、以天然食材為基底的美食。

隨手拈來這些出自生活實境的觀察與紀錄，你是不是對「劣幣驅逐良幣」的普遍社會現象，覺得心有戚戚焉呢？抑或是更狠一點，你正好是那些「打著羊頭買狗肉」的始作俑者，還是「得了便宜還賣乖」的既得利益者？

其實，這並非誰單方面的錯！「劣幣驅逐良幣」現象之所以愈來愈普遍，是一種自然而然的市場買賣淘汰機制。當經濟環境愈來愈不景氣、人們對未來的想像愈來愈保守或悲觀，對「價值」與「價格」的要求也愈來愈傾向後者，強調「俗夠大碗」的產品或服務，就會愈來愈勝出。

或許，正因為如此，才會讓大眾有了誤解，愈來愈容易用「精打細算」，來包裝自己的「貪小便宜」。連帶著，讓原本「服務至上」的理念，吸引到更多「不計成本的奧客」。導致本來就不景氣的經濟環境，惡性循環，更加萎縮凋零。

你可以試著想像：如果每個消費者的購物準則，都是要求「更多優惠」、甚至「完全免費」，而刻意徹底忽略「羊毛出在羊身上」的自然法則，成本要由誰來負擔呢？

如果所有商人的生意都只能靠「薄利多銷」維生，到最後只會引起更多惡性競爭，不要說是「薄利」了，連打平都很困難，回過頭來，若能繼續營生的策略，不就是「偷工減料」？否則，根本無法在市場上活存。

強調「C/P」值時，如果只在意自己花費的金額，而不去思考對方付出的成本，就是貪婪，並非理智！

現代的消費者，無論在實體商店消費、或上網路購物，都很強調「C/P」值。彷彿要做個聰明的買家，就必須充分理解並且掌握「C/P」值。這個想法，原本沒有錯，但過度一廂情願地用「C/P」值，做為消費購物的唯一指標，沒有換算貨真價實的成本概念，所有能符合「C/P」值的產品或服務，真正的內容不但可能是一文不值，更可能製造更多垃圾，帶來更多環保的負擔。

你是否曾經為了「贈品」或「買二送一」，而暫時拋開理智，多選購了一些其實並不需要的東西。而且回家後，理智恢復了，才發現：你根本用不到這些東西；或是它的品質很差，用沒幾次就壞掉了。

很多朋友抱怨，知名五星級飯店以「吃到飽」為訴求的自助餐，品質愈來愈糟糕，魚蝦不鮮、肉不甜。但很少人仔細去想：某些餐館一客定價新台幣一千兩百元的自助餐，在「旅展」或「網路平台」削價競爭到變成每客新台幣六百元以下，甚至以餐券銷售，買十送一，或更便宜。

如果你仔細換算成本，扣除店面租金、設備折舊、裝潢費用、電力瓦斯、人事支出……能花在食材的成本很可能不到新台幣三百元。這樣的「吃到飽」自助餐，能提供多麼鮮美的魚蝦、甘甜的肉品？更何況還有其他飲料、冰淇淋、甜點呢！

關於「C／P」值，我的體會很深刻。

我出社會工作，就進入電腦業，歷經大型電腦銷售、電腦工作站、到個人電腦與網路盛行的年代。當時，因為企業或個人對電腦硬體與軟體的投資，金額都非常大，甚至是新台幣上千萬、或更高的採購計畫，是需要很理性決策的交易。

每部電腦在銷售前，都需要漫長的時間、深入的溝通，因此，準備給未來使用者的產品規格資料，也都會非常詳盡。這些說明資料裡，一定會有「C／P」值的表格，詳列產品的規格、功能，並且與上一代的產品，以及市場上競爭者的產品並列，詳加比較。

由於電腦屬於科技資訊類的產品，很多零組件的技術，既受到智慧財產權的保障，競爭者也很難快速模仿或趕上，這些規格與功能的比較，是近乎透明的，完全硬碰硬。

在那個十分傳統的年代裡，同樣重視「C／P」值，但日用品消費者或機器設備採購者，更相信的是「一分錢、一分貨」「便宜無好貨」「天下沒有白吃的午餐」，比較不會異想天開地要求過度的優惠或是免費。

而現代自以為「精打細算」的消費者所重視的「C／P」值，比較是單方面地把消費決策的注意力，一廂情願地聚焦於自己付出的價格，而不去思考廠商應該要承擔的成本。

這，就是最關鍵的問題了。

創造價值，最有效的策略是：提高使用者獲得的效益；而不是只一廂情願地降低他所付出的成本。

所謂的「價值」，在很多時候，只是一種感覺。但也有專家學者，試著想用一套公式，幫助大家理解。

我曾經閱讀過張文隆先生在商周出版大作《價值觀領導力》，他在文中提到一個跟價值有關的公式：

價值（Value）＝利益（Benefits）－犧牲（Sacrifices）

他並提到，這個公式中的三個用詞，都是指對方感受到的，而不是你認為的或你設定的。我很敬佩他進一步提出以下的觀點：「有時候，感受到的價值不只是單純的加加減減，而是乘乘除除的，」「你可以在許多論述裡發現，計算價值不是用減法的利益減去犧牲，而是利益除以犧牲；要讓價值更快最大化，就是讓犧牲最小化，這成就了許多商場長期成功的好方法。」

這個延伸公式的觀點，跟我在二十年前設計一門課程「創造價值」中，所論述的價值公式，不謀而合。這一門課程，到現在都很受歡迎。根據我私下統計，在沒有任何刻意廣告宣傳的情況下，已經有超過一百家企業、公家機關、或非營利組織，邀請我去上這個課程。可見，很多人都想學習如何認識價值，並且創造出真正的價值。而我在課程中請學員應用的公式是：

價值（Value）＝獲得的效益（Effectiveness）／付出的成本（Cost）

以消費行為來說，消費者付出的成本，包括：實際支出的金錢、交通往返的時間與費用（即使是網路購物，也有時間與運費的考量）、購買後可能要退換貨的風險成本、以及其他機會成本。

消費者所獲得的效益包括：產品提供的直接功能、心理的滿足、品牌的認同感、使用後滿意的愉悅感、想像美好未來的幸福感。如果是高端產品，還會帶來榮耀感。

提高獲得的效益，會比降低付出的成本，更能夠創造永續的價值。

站在一般商業的立場，要提高產品在消費者心中的價值，可以從兩個方面著手：❶降低消費者付出的成本；或是，❷提高消費者獲得的效益。

以我多年的行銷經驗，得到以下屢試不爽的結論：唯有想辦法提高消費者獲得的效益，才是經營品牌長久發展的有效策略。

若只從降低消費者付出的成本著眼，必定引來更多不重視品質、貪小便宜、品牌忠誠度低的客層，其中有很大的比例會是「奧客」。因為他們非常斤斤計較，很少替別人著想，而且把你所有的付出，視為理所當然。

我所分享的價值公式，也可以套用在職場上。上班族若想成為辦公室裡不可取代的MVP（最有價值球員，most valuable player），所使用的策略，必須是提高自己在主管眼中所獲得的效益，而不是偷雞摸狗地降低自己付出的成本。你一定要知道，若是一個對公司經營績效沒有具體貢獻的員工，即使願意主動降薪，也未必能保住自己的飯碗。

真正的「物超所值」，並非單向的「貪小便宜」，而是彼此肯定對方的價值。

正因為我們身處在一個「劣幣驅逐良幣」的時代，這一套價值公式特別需要重新拿出來供大家思考。

讓彼此重新回到正規的價值觀念，不再以當下的數量為決策的唯一標準，願意考慮以品質、耐久、與理念等條件，來評估產品或服務的價值。在這個過程中，既看到自己想要得到的品質，也想到對方必須承擔的成本，合理地對待彼此，才能終止誤解「C/P」值的惡性循環。

當商人為了降價求售，壓低成本，殺個你死我活，而參與生產的工作者，就領不到合理的薪資。

當每個人都愈來愈窮，沒有能力消費好的產品，廠商最終不是倒閉、就是改以低成本的方式，生產品質較差的產品，藉此苟延殘喘。甚至因此鋌而走險，魚目混珠，自毀商譽。

反之，當我們懂得杜絕為了營造消費者獲利的假象，不再一味地採用低成本、低品質、低售價的策略，就會徹底明白：真正的「物超所值」，並非單向的「貪小便宜」，而是彼此肯定對方的價值。

當產品或服務夠好，值得匹配更好的價格，整體的經濟才會扭轉為「我獲得更高的薪資；我也使用更好產品！」

只要能夠回歸價值的原點，建立正向的思維，回頭再來看「劣幣驅逐良幣」，或許可以重新詮釋這句話的意義，翻轉每個人對價值的看法。

劣幣驅逐良幣，來自經濟學的貨幣定律，想在人生中翻轉，必須更有創意、更加努力。

「劣幣驅逐良幣（Bad money drives out good）」在經濟學中，被稱為格雷欣法則或格勒善定律（Gresham's Law），這是一種貨幣定律。

如果有兩種形式的商品貨幣流通，消費者會保留不貶值的貨幣（undebased money），而盡量在市場上使用會貶值的貨幣（debased money）進行交易，因此，民間流通的大多為劣幣，比較少看到良幣出現於世。

容我用最簡單的比喻來說明，如果皮夾中有兩張等值的紙鈔，一張破舊髒污、另一張光華如新，一般人通常會先用掉破舊髒污的那張紙鈔。

把這個比喻應用在生活中，不守秩序插隊的人，總會比守規矩排隊的人先上車；對結婚條件設定隨和的人，總比對婚姻期待標準高的人，容易找到對象。聽起來，很有道理。但如果這個世界真的總是如此，守規矩排隊的人、對婚姻期待標準高的人，難道就活該倒楣，讓別人捷足先登了嗎？

關於這個問題，我至少花了十年以上的時間思索、找到答案、並且信以為真，然後，完全地接納以下更創新、也更適用於現代社會的邏輯。

正因為「劣幣驅逐良幣」，所以不能只是自許為「良幣」；還要把自己鍛鍊成永不貶值的金幣。

是的，無庸置疑，請不要再掙扎或反抗，目前的環境就是「劣幣驅逐良幣」了，這已經是一條定律。但是，自許「良幣」的我們，無須讓自己留在喟嘆與埋怨中，否則，你這「良幣」很快會貶值得比「劣幣」還更差。

如果你也自許為「良幣」，就要更五體投地去認同「劣幣驅逐良幣」，把這個危機意識當作最基本、也最嚴格的自我勉勵！

正因為「劣幣驅逐良幣」是定律，我們絕對不能只是「良幣」，而是要更努力守住分際、持續努力，把自己鍛鍊成永不貶值的「金幣」，非但不隨著時間流逝而失去原有的含金量，甚至有可能因為你的堅持，願意對別人做出具體的貢獻，而在歲月中持續增值。

就以我最熱愛的寫作舉例，過去曾經在出版市場擁有非常亮眼的銷售成績，後來這個市場不變，讀者的閱讀選擇多元，受眾區隔愈來愈細，我所擅長的書寫，未必符合出版市場的主流，因而無法持續獨佔鰲頭。即使每次出版新書都謹慎以待，小心翼翼，盡其所能去做，銷售成績通常也只是持平而已。

當我退下暢銷頂峰的光環，回到書房小小的角落，以紙筆、以鍵盤，讓文字串起又散落，不計世人的毀譽、不算自己的得失，繼續任思緒與邏輯在字裡行間漫遊，穿梭時空的真實與虛幻，只願和讀者分享內在真心的感受，反而更發現自己是多麼真正地熱愛寫作。

或許我永遠無法成為一枚閃閃發亮的金幣、又或我曾經是一枚金幣但已經被深埋在土堆裡蒙塵，但熬到此刻的我，其實內心非常慶幸、也尊敬自己，繞過出版市場如此迢遙的一段路，還能保有純真、回到初心，以字字珠璣的期許，書寫流光裡的感悟。

只要是自己覺得對的價值，就一定要繼續堅持下去。如果這個價值，一直沒有得到應有的認同，那一定是我們付出的努力、或堅持的時間不夠。直到有一天，這份自己所熱愛的價值，已經沒有世俗的標準可以被衡量、被評斷，它便是無價之寶了。

在價值中，
發現謙卑的力量

以增加對方所能獲得的效益，作為提高價值的準則。
竭盡所能去付出努力，終會在時光洪流中燦爛了自己。

不要忽視無形的本質，裡面蘊含巨大的力量

謙卑的力量，不在於形體的大小、氣勢的強弱，而是用柔軟的姿態，包覆堅實的心念。以既懂得保護自己，也不使對方受傷的厚道，成就自己、同時也不忘成全別人。

朋友住在海邊，家前院有一塊小空地，栽種幾棵香蕉樹。不知道是因為照顧不周、或是營養不良，顯得了無生趣。只有其中比較大的一株，纍纍結出幾串青綠的果實。

聽說結了果實的香蕉樹，會自動枯萎死亡。於是他把幾串香蕉果實採收下來以後，小小的庭院，剩下一片沉寂。

夏天結束之前，他要暫時離家一陣子，出發的那個清晨，他索性把所有的香蕉樹都砍掉，打算等到換季時，改種別的植物。沒想到當秋天來時，他回到海邊的小屋時，發現前院的空地，又長出一棵欣欣向榮的香蕉樹。

仔細確認之後才發現：離家那天清晨，當他整理砍下的香蕉樹莖幹時，因為搬運不及，無意中留下一株看起來已經毫無生機的枝枒，在他離開的這段期間，默默地展現它的生命力。

他主動與我分享這個感動的經驗，我不禁想起少年時曾經在攀登高山、尋訪神木途中，遇見從岩石縫隙長出的百合花。它的根脈緊緊抓住岩壁，努力探出花蕊盼著綠蔭篩下的絲縷陽光。看見生命中謙卑的力量，帶給我朝聖般的感動，久久不能忘懷。

雖然，當初登山的目標之一，的確是為了仰慕神木而來，但是，意外發現的百合花，散發著優雅而神秘的氣息，同樣令人震撼。

神木是巨大的；百合花是渺小的。但是和整座森林之上的浩瀚穹蒼比起來，神木也是渺小的。

謙卑的力量，不在於形體的大小、氣勢的強弱，而是用柔軟的姿態，包覆著堅實的心念。以既懂得保護自己，也不使對方受傷的厚道，成就自己、同時也不忘成全別人。

謙卑是：態度上的敬讓，和心情上的禮貌。必須心甘情願地付諸在行動上，才不會失之膚淺、虛偽。

曾經讀過一篇論述歷史的文章，談到清朝的大臣李鴻章，引薦德國人梅廉朵夫到朝鮮擔任官職。

啟程前，李鴻章提醒他：「拜見朝鮮王，記得要行三跪九叩之禮。」梅廉朵夫並不苟同，李鴻章堅持說：「否則，你會被趕回中國來。」

將此忠告謹記在心的梅廉朵夫，在謁見朝鮮王時，特別把深度的近視眼鏡取下，恭謹地行了三跪九叩之禮，因此很順利地把自己融入並打進朝鮮的官場裡。

不堅持自己的身段，願意「入境隨俗」，展現了謙卑的行為。體貼對方之餘，同時也說服了自己，因而不覺得受辱。

老子，也是中國歷史上極講究謙卑的哲學家。他的老師常樅，在臨終前張開嘴巴問說：「你看我的舌頭還在嗎？我的牙齒剩幾顆？」老子回答說：「舌頭還在，牙齒都沒了！」

學者認為這個啟示是說：「舌頭柔軟謙卑而長存；牙齒剛強自大而掉落。」

謙，是態度上的敬讓而不自大。卑，更是一種心情上的禮貌與客氣。兩者相輔相成，心甘情願地真摯付諸在行動上，才不會失之膚淺、虛偽。

在賢達面前，表現謙卑，這是基本的禮儀。但若位尊的人對待下屬也能展現謙卑，就更不簡單了。

例如：孔子主張不恥下問，並不代表孔子無知，反而顯得品德高貴。佛陀幫生病的弟子煎藥、服侍茶水，佛陀並不會因此變得微渺，反而自然流露出偉大的慈悲。

宗教，使人謙卑。能夠臣服於大自然主宰的力量，才會真正感覺自己的渺小。

樂意對陌生人付出關懷，也是一種謙卑的表現。二〇〇一年，剛從台灣陽明大學醫學系畢業的連加恩，加入非洲駐布吉納法索（Burkina Faso）的台灣醫療團，是台灣第一屆外交替代役的成員。連加恩在那裡不只是當醫生義診，同時也從事公益。

在那片生活和醫療資源都十分貧瘠的土地上，孤兒比例高達15％、愛滋病猖獗蔓延、到處都是病人和窮人，連加恩除了善盡自己的本份，還積極與當地政府、社區、教會合作，發起「垃圾換舊衣」活動，協助當地居民挖深井，蓋孤兒院，並為此自願延役一年。他的善心義舉，不但創造自己的價值，也看見生命的奇蹟。

他對外募集將近千萬的物資與金錢，並透過網路與教會系統掀起「募衣換垃圾」風潮，從全球各地陸續湧入一千五百多箱衣物，約七萬五千封郵件，險些癱瘓當地郵遞系統。

他說：「當初遠赴非洲服役的動機，是希望增加人生閱歷。學習很多，更體會生命可貴，即使一無所有，也可以努力追求人生價值。」

二〇〇五年，當初由連加恩協助設立的孤兒院落成，後來還獲得布國政府正式立案，登記為私立學校「霖恩小學」，提供失親、失學、貧窮的弱勢學生免費就學、供餐。

連加恩曾經出過幾本非常暢銷的作品《愛呆西非連加恩》、《你的生命，是一份美麗的禮物》和《路燈下的夢想》。後來，他的故事被導演王小棣拍成公視連續劇《45度C天空下》。

但他並沒有因為成為公眾熟知的人物，而忘記自己的初衷。回台從醫幾年之後，再度重返非洲，在南非先後擔任衛生署駐非專員和挪威路加國際組織南非辦公室主任。

很多人好奇，是什麼樣的教育背景、或成長環境，讓連加恩表現出如此獨特的價值觀？根據我的觀察，宗教的因素不容忽視。連加恩生長在一個基督教的家庭，他的父親也是一位熱心公益的牙醫，經常巡迴義診。

宗教，使人謙卑。我一直這麼認為，不論信仰什麼宗教、膜拜哪一位神祇，能夠臣服於大自然主宰的力量，就會真正感覺自己的渺小。

另一位令我十分敬佩的前輩，是花蓮門諾醫院創院院長薄柔纜醫師（Dr. Roland Peter Brown）。二〇一九年八月在美國辭世，引起台灣花蓮地區老一輩民眾的追思與感懷。

他年輕時（一九五三年）來台行醫四十年，從未向醫院支領薪水，只靠教會提供的微薄津貼生活。門諾醫院草創（一九五五年）之初，如果病人因為窮苦而無法負擔醫藥費，他都會跟病人說：「Charge to me.（算我的帳！）」

他以充滿愛與關懷的醫療專業，為台灣東部原住民、以及經濟弱勢的民眾，奉獻生命最美好的時光。直到一九九四年，將近八十歲高齡，決定退休返美，由學生、朋友捐款七萬美元，才能在堪薩斯州購屋定居。而離開台灣的原因竟是：覺得自己年紀老邁，不願意成為臺灣人的負擔。

謙卑，是基督教信仰裡一個很主要的精神。聖經記載：「神阻擋驕傲的人，賜恩給謙卑的人。」而佛教中所講求的「般若智慧」，也是一種謙卑的自知之明。

充分了解自己的能力和才識有限、並願意向別人學習，從這裡表現出謙卑的性格，也就是一種覺悟。

可見，謙卑的態度很柔軟，但謙卑的精神則是很高貴的。

「不因善小而不為；不因惡小而為之！」是道德上的謙卑，但放大到廣義的觀念來說，卻是很重要的影響。如同投票行為裡，少數的中間選民，看起來他們的數量不多，卻是決定成敗很關鍵的力量。

缺乏謙卑的心靈，就無法真正原諒。不刻意爭辯自己是對的，可以鍛鍊自己寬容的心胸。

一點點小善小惡，都足以影響整個社會風氣。無奈的是，許多對社會風氣具示範作用的名人，常因為私利而在盛怒中忘了表現自己謙卑的一面。

打開電視，每天看的就是政治人物對罵的口水戰；影視明星也常為搏版面互揭瘡疤、增加知名度。甚至，連國際上的領袖人物，也會因為為了維護自己的聲望與地位而互控。他們都忽略了——放下身段其實可以為自己贏得更多掌聲。

批判的謾罵再怎麼強悍，都比不上一句「反求諸己」來得撼動人心。謙卑，是願意放棄「得理不饒人」的氣焰，甚或原諒傷害你最深的人，它不只可以盡釋前嫌、也可以化仇恨為友愛，讓雙方都解脫、重建彼此的關係。

我有一位私交甚篤的女性朋友，發現丈夫有背叛的跡象，找徵信社幫忙查證，果真捉姦在床，從此陷入感情的兩難。雖然，丈夫願意回心轉意，重修舊好；她也深愛丈夫，希望重新開始。但是，卻永遠無法忘記那難堪的一幕。每當夫妻正要開始親密的時候，她的內心就產生一股嫌惡的感覺，立刻將他推開。拖了幾年之後，終究還是以離婚收場。

事隔多年，回想起來，她十分懊惱地告訴我：「即使，在婚姻中犯錯的人不是我，但我也必須學習謙卑。」

如果當年她能夠學會以謙卑態度，面對丈夫出軌的錯誤，即使無助於讓她放下對感情潔癖的堅持，卻可以早一點原諒對方。

是的，缺乏謙卑的心靈，就無法真正原諒。

有時候，我們明明沒有做錯什麼，但是已經察覺對方不開心，不妨主動向他道歉。「如果我在無意間有所冒犯，請你原諒！」這種謙卑，不但不會貶低自己，反而會因為表現誠懇的關心，而贏得友誼。

尤其，在是非對錯還沒有水落石出之前，願意主動道歉致意，並且不刻意爭辯自己是對的，更可以鍛鍊自己寬容的心胸。

社會上有很多因為缺乏直接證據而纏訟多年的官司，包括：口角互毆、醫療糾紛、重大刑案、商業侵權等，雙方都曾因為堅持自己所認知的真相，而不肯讓步。

若已經追查多年，還尚未有定論的案子，繼續糾結下去，彼此都更不好過。事實上，世間的真相本來就有不同的面貌，從不同的角度解讀出不同的意涵，與其爭辯自己所認知的才是對的，何不放下心中的堅持，接納對方的痛苦，理解彼此的為難，而不再過度堅持自我的立場，讓傷心的事件及早落幕，開始新的人生。

真相也許真的很重要，但在真相前面，可能還有更重要的品德，值得追求。謙卑的態度，讓我們在放下身段的同時，也放下成見，推己及人地了解別人的痛楚，即使認為對方有錯，也願意既往不咎。

表現謙卑，並不是為了要得到什麼好處。而是在消極的那一面，讓自己和別人，都能好過一些；在積極的那一面，經過自省之後有所學習成長。遭遇挫折的人，將因謙卑而放棄埋怨，重新找到成功的方法。擁有成功的人，也將因謙卑而不自滿，表現友善親切的質感。

雖然，我並不否認，表現謙卑有時也會被扭曲。不了解的人，常被誤會說：「別看他裝出客客氣氣的樣子，他啊，其實是扮豬吃老虎。」在我很年輕的時候，也曾被人這樣批評，閉門思過之後傷心了好一陣子。但後來我從這個批評中學會辨認：自卑和謙卑，其實只有一線之隔。那道界線，就是自信。

當我能堅定信念，知道自己以謙卑的態度對待別人，並不是要從別人身上得到什麼，也不是因為自覺矮人一截才低聲下氣，而是要時時提醒自己關心別人的感受、體察對方的需要，就不會因為我的謙卑被人扭曲而感到自卑。

不自私，就不會迷失。原諒那些喜歡在背後批評的人，是學習謙卑的一項功課。

西方的諺語：「謙卑，是一種美德；但是，當你知道擁有它，就會失去它。」

人生不同的角落，都能夠發現：謙卑，其實是很巨大的力量。即使，是在重病末期的病房裡，也可以學習到謙卑的力量。

我曾經多次訪問過安寧病房的護理長，她們都同意：「選擇順從生命、與疾病和平相處的病人，和決心和病魔抗爭到底的患者，其實都很勇敢。但顯然後者比較辛苦、也比較痛苦。」

無論是健康、愛情、人際關係、工作、錢財，當我們可以坦然接受挫敗，學習經驗教訓，不再怨天尤人，謙卑的力量就會帶領我們絕地重生。即使肉體毀滅了，精神仍長存。

到現在，我還經常想起父親在病房度過他生命中最後的時光。

儘管，死亡對我們而言，都是沒有經驗且充滿恐懼的大事，父親卻安靜靜靜躺在病床上，任無聲無息的日月交替在病床邊的外窗，直到他輕緩地吐出最後一口氣。

屬於他的時間靜止在醫療監視器的螢幕上；而我的人生卻還必須走下去。

失去父親的我，如孤臣孽子般回首過往，看見他一生的滄桑。

因為年少就重聽的緣故，不多話的他經常用沉默表達他對人的友善。他的個性敏感，善於體察別人的恩惠，大半輩子的勞碌，都花在加倍償還這些人情的溫暖，主動把自己僅有的一切拿出來分享。

父親往生之後，親朋好友談起他的為人，都有無限的感懷。謙卑，在父親的字典裡，從來就不是保守怕事的注解，而是積極勇敢的釋義。

節儉樸實的父親，留下最豐富的遺產，就是謙卑的力量。

他身體力行地告訴我：「生命的價值，不是自己擁有多少偉大的成就，而是給別人多少切中需要的成全。」

正如同西方的一句諺語：「謙卑，是一種美德；但是，當你知道擁有它，就會失去它。」一的道理一樣，父親他永遠不知道自己擁有這個特質，卻讓我一生景仰。

本來，我以為：在生命的道路上，探訪數百年高齡的神木，可以學習謙卑的精神；如今才發現，從岩石縫隙長出的百合花，也可以看見謙卑的力量。

也許，你的現實生活中，並不容易隨處可以見到百年高齡的神木、也沒有從岩石縫隙長出的百合花，但願你重返自己內在的生命幽谷，在凝望自己的苦難、或同理別人的悲傷中，繼續發現生命中更令人感動與驚喜的謙卑，因而產生更巨大的力量。

在氣度中，
發現謙卑的力量

謙，是態度上的敬讓而不自大。卑，更是一種心情上的禮貌與客氣。兩者相輔相成，心甘情願地真摯付諸在行動上，才不會失之膚淺、虛偽。

活得像母親一樣，在遺憾中學會堅強

樂觀開朗的生活態度，是最幸福的遺傳。
即便願意為家庭犧牲，都不要和自己的快樂相牴觸。
讓自己活得更好、更健康、更快樂，
就是對母親最好的報答。

到現在她還記得，孩童時期一位遠親從美國回來作客，見到她第一面時，說的話就是：「妳長得真好，像母親一樣。」眾人笑得一臉燦爛，尤其是她的母親，好久沒有那樣開心地笑了。

幼小的心靈，無從分辨「像母親一樣」這句話的意義，也不知道自己究竟喜不喜歡像母親一樣。

母親的姿色雖不出眾，眉宇之間卻有獨到的氣質。單眼皮、小眼睛，無法和當時的美女標準相提並論，但微笑的親切感，教人不能拒絕。在保守的世代中，母親沒有透過媒妁之言，以自由戀愛的方式選擇了自己的婚姻，不論是理性思考還是盲目衝動，幸福都是自己的責任。

婚後的日子在歡歡喜喜、吵吵鬧鬧中忽焉而過，甜蜜的相片、苦澀的淚水，都是她記憶深處中母親婚姻生活的印記。她曾發誓不要像母親那樣逆來順受，卻又在委曲求全的背後，見識母親戰勝種種磨難的驚人毅力。

「像母親一樣」這句話，聽來總是帶著讚美與肯定，讓兩代之間承傳著驕傲的笑容。

三十歲那年，她那隻在情海航行多年的小船，突然觸礁。雙方口角嚴重，惡言既出，理性盡失，他對她怒吼：「妳對任何事都缺乏安全感，試圖掌控一切，就像妳媽一樣……」雖然他事後一再道歉，卻無法平復這句話帶來的殺傷力。

分手多年以後，當她的感情不順遂時，常想起他說這句話的神情。

「像母親一樣」原來是最愉悅的誇獎、也可能是最難堪的詆毀。

誇獎的愉悅，來自天生的遺傳。詆毀的難堪，多半因於後天的不能避免。每個母親都不是完美的人，子女或多或少受到母親的影響，而如遺傳般承繼母親的一些習慣。包括：說話的方式、房間的擺設、飲食的口味，甚至是對男人的價值判斷……但最深遠的，莫過於生命觀。

我們都在不知不覺中，耳濡目染地學習了父母的某些觀念及行為。如遺傳般，深植心田。

二十幾歲時，我有一位好友在花樣年華自殺身亡。不被祝福的感情，如利刃般奪去她的生命。

她的母親帶有原住民血統，家族遺傳美麗的相貌。她同樣擁有又大又圓又亮的眼睛，深邃幽遠，五官輪廓非常明顯，像洋娃娃般惹人憐愛。

父母本來非常相愛，一家人度過二十幾年幸福的時光。後來父親拓展事業版圖，前往海外發展，導致婚姻亮起紅燈，協議分居。母親曾因為懷疑父親外遇，而自殺過幾次，所幸都被及時搶救回來。

她剛考上國立大學，原本正要開始享受興春燦爛的日子，卻因為父母關係的變化，彷彿從天堂掉進地獄般，久久不能適應。

大概是因為內心極度不安，非常渴望溫暖，她在打工時，愛上一個年紀大她許多、而且離過婚的男人，家人本來就都不看好，加上這個男人似乎也不如她所預期地在乎這段感情。

每當和情緒過不去的夜晚，她就吞食大量安眠藥以求解脫。許多次被送醫急救，挽回生命；但最後的這一次，她執意走了。

她的所有好友，都不勝唏噓，感慨地說：「自殺，也會遺傳嗎？」

自殺，當然不會遺傳。但我們都在不知不覺中，耳濡目染地學習了父母的某些觀念及行為。如遺傳般，深植心田。尤其母親的影響，常反映在一個人處理感情的態度上。

那年對星座命理尚未深入研究的我，有次和一位命理專家聊起感情議題。她竟能從我的月亮星座，判斷出我的母親是個什麼樣的人，並說出我的感情觀。從她八九不離十的論述中，我突然想到每年母親節時常被傳誦的歌：「母親像月亮一樣……」

所有的女性朋友，若相信這樣的說法，應該矢志讓自己活得自在快樂。有快樂的媽媽，才有快樂的子女。不論她本身的感情或婚姻如何，樂觀開朗的生活態度，才是最幸福的遺傳。

我們總要到落難的時候，才能真切體會媽媽曾經所受的苦；總要到失意的時候，才會想起媽媽溫暖的懷抱。

另一位正值盛年的女性朋友，在幾個月前的健康檢查中發現子宮長瘤，醫生建議必須盡快動手術。

單身未婚的她，坦然接受了這個對任何人而言都是青天霹靂的消息。她不感意外的原因是：「我的外祖母、我的母親，都有一樣的問題，也動過一樣的手術。」

在我眼裡，她是個天生的理想主義者，全身充滿浪漫的因子。年輕時留學法國，回到自己的土地，悉心灌溉一顆夢想的種籽，美景可期。對生命始終懷抱崇敬謙遜的態度，她不曾與自然對抗什麼。開刀前夕，她對我說：「命中注定。」

簡簡單單的四個字，卻讓我動容。心疼自己，也同情媽媽。

天下的子女雖不都是一樣的，但相同的是——我們總要到落難的時候，才能真切體會媽媽曾經所受的苦；我們總要到失意的時候，才會想起媽媽溫暖的懷抱。

當我們成功地站在屬於自己的舞台上享受喝采，母親為養兒育女所付出的辛酸，在掌聲中煙消雲散。當我們落寞寡歡回到生命的角落，想起母親一生的遭遇，竟是格外深刻的一種同病相憐。

悲痛，在這一刻變成生命的完整。

無論是身體的病痛、或性格的缺陷，無論是先天的遺傳、還是後天的影響，發現自己承繼了某些避之不去的特質，像媽媽一樣時，不責怪媽媽、不埋怨媽媽。此刻，唯有最深刻的同情與諒解，才能讓感恩更加實在，更加理所當然。

有快樂的媽媽，才有快樂的子女。快樂，是母親留給子女最寶貴的資產，千金難換。

我的母親是個慢性病患者。糖尿病、高血壓，是家族遺傳。兩位舅舅都罹患肝癌，其中一位已經於多年前往生；另一位和我感情最親的小舅，多年前發現肝癌初期的病徵開始治療，他因此提早申請退休，人生下半場的功課是：學習如何與肝癌和平共處。前些時候，母親也在一夕之間，突然被診斷為癌症末期患者，多重惡性腫瘤遠端轉移。幸好找到適合她的治療方式，以及整合身心靈的長期調養，目前病情獲得良好的控制。

也許，身體的病痛無可避免；但是，我總是想著：如何用不同的方式來對待？如果有一天我也罹患這些疾病，在接受命運的安排時，能不能帶著微笑、心領神會？

若無法掙脫命運的軌跡，想辦法讓自己快樂地跟著它走，應該會是比較明智的選擇吧！

對於已經發生的這一切家族病痛，我們只能心懷敬重。它是個索引、是個預言，讓你在擁有健康的時候有所警覺，在失去健康以後坦然面對。

每一位媽媽都驕傲於子女長相美麗如她、或某些性格上的優點遺傳自她。但每一位媽媽，也都希望子女活出不一樣的生命，一定要比她更好、更快樂。

我很樂意承繼母親許多寶貴的特質，細心、善良、為別人設想；而我也不得不接受她給我的其他遺傳，容易焦慮、緊張、擔心。但我最心疼的是她的後半生，為了子女而失去自我。雖然，她覺得一切付出，都是值得；我卻不希望自己的人生重蹈覆轍。

母親回顧既往，說她為了撫育我們三個小孩，足足有十年的時間，不曾和父親一起出門，包括：逛街購物、親友婚禮、郊外踏青、旅遊、以及其他社交活動。聽起來犧牲很多、十分偉大。但我隨著她腦海裡的時光機器，回到童年，也感受到那是她最不快樂的日子，常常為了小事發脾氣、臉上總有不必要的憂慮。

我的二妹，也遺傳了這樣的特質。在孩子大學畢業之前，每當有出國旅遊的機會，極力邀請她同遊，即便只有三天兩夜，她都會以「小孩要上學」為由，一概推辭。

看到二姊身上，猶有母親的身影，讓我十分不忍，所以總會極力勸告她：「不要為了子女而失去自我。」明明知道，這樣的提醒效果有限，卻還是嘮嘮叨叨，一說再說。

儘管，每一世代中的母親，都有共同的特質——犧牲。但我期望現代母親和傳統母親最不一樣的地方，是要活得更快樂。即便母親願意為家庭犧牲，都不要和自己的快樂相牴觸。

畢竟，有快樂的媽媽，才有快樂的子女。快樂，是母親留給子女最寶貴的資產，千金難換。

基於這個想法，一心想盡孝道的我認為：除了耐心傾聽年邁的母親說話，經常抱一抱她之外，讓自己活得更好、更健康、更快樂，就是對母親最好的報答。

在親情中，發現謙卑的力量

曾經讓孩子仰望的雙親，總會在歲月流轉中衰老，
當彼此懂得理解與諒解，愛與感恩將是對生命最真實的描繪。

放鬆，才能聽見生命的召喚

在生命面前，沒有人是強者。
現實生活裡愈是意志堅強的人，將愈早體驗這個無奈。
承認自己的極限，順服於生命，
我們才會開始學習如何和自己相處，讓種種壓力來去自如。

朦朧的山嵐籠罩，一條小徑兩邊都是綠樹。清涼的空氣中，飽滿著如同雨霧剛剛歇止的澄靜。腳步突然因為短暫的遲疑而停止，回頭張望，「我怎麼會在這裡？」

有時候，它真的只是一個夢境，問句之後，我即清醒。「喔！是個夢呢！」然而更多的時候，它是一連串的質疑與反省：「我怎麼會在這裡？」但朦朧的山嵐幕後，有著人生種種喜樂哀愁，歷歷往事如同剛剛歇止的雨霧，讓渾沌的心沉靜下來，可以單純地面對自己。

因為沒有狂喜、沒有恐懼，如此順其自然地經歷，才知道原來那是已近中年的一種心情。看見迢遙的來時路，沒有藉口、沒有哀怨，這一步一腳印都是我自己一個人走出來的。什麼時勢所逼、什麼迫於無奈，都不再被自己用來搪塞，終於可以心平氣和地對自己說：「都是我啊！這一切都是我的選擇。」

多麼了然的安身立命，在波瀾壯闊之後，我才懂得。

忘記自己究竟「拚」了多少年？不是為了追求成功的企圖，而是害怕失敗的擔憂。總是兢兢業業地做好手邊每一件事，父母的生活、手足的聯繫、老闆的交代、顧客的委任、同仁的期待、朋友的付託……事業與工作，在完全沒有掙扎的狀況下順利進行，到達一種超乎常人的地步。

「你怎麼有辦法同時做好這麼多事？」

常被人問起，不知道該怎麼回答。邏輯上來說，很簡單啊。清楚的目標、有效率的時間管理、加上願意努力，這些都不難達成。

朋友們大概都知道，我的確是這樣，人生有清楚的目標、善於時間管理、比一般人努力。但是連我自己都不知道，生命的背後有一股力量在悄悄反擊。

最顯而易見的是：健康。十幾年前，我的身體曾出現了一些小小的微恙，我一直沒有想要理它。

後來，這些不明的異狀有了清楚的表徵，用不同的形式反映出來，開始接受各種治療及檢查，有趣的是：「一切還好，沒有大礙！」

問題的關鍵在哪裡呢？

不同的醫生，有相同的回答：「免疫機能降低，容易受病毒襲擊。」只要稍微不注意，病毒就伺機而動，侵犯身體。有些人的症狀是感冒、有些人是頭痛，有的皮膚起疹子、有的胃腸不適……比起那些難以治療的重病，這真的不算什麼，但這也不是個光靠醫藥可以解決的問題。「要設法減輕壓力，改變生活型態。」醫生建議。

睡眠不良和免疫系統功能降低有關。T細胞，負責對付病毒，數目減少時，生病機率就會增加。

起初，這個建議令我困惑。對生活作息正常、固定按時運動、很少出入公共場所、也絕少應酬的我而言，工作雖忙碌，但心情愉快，很難理解自己會有免疫系統功能的問題。

經過幾年的摸索，才漸漸發現自己慣於過度使用意志力來管理身體，長期以來，忽略了身體的自主性。

舉個簡單的例子來說：如果隔天清晨因為有事要早起，我完全不必靠鬧鐘，自動會在計劃清醒的十分鐘前起床。現在想起來，過度自律的性格，阻礙了對身體的善待。

我多麼羨慕那些可以賴床的人，即使他們因此而上學或工作遲到，至少因為睡眠甜美而讓一天的開始有了幸福的起點。當然，我不希望他們因此而成績不好或上班遲到被扣錢。

還是要儘可能早點睡吧。睡覺，對生活在都會的人而言，又是一件艱鉅的工程。我看過一則報導：三十五歲以上的上班族，百分之八十五曾經有過睡眠障礙，其中有半數以上，屬於經常性的失眠。

一篇原載於《康健》雜誌的文章，這幾年來在網路上被多次轉傳，原文標題為：〈增強免疫力的十五招〉，其中第一項建議就是：「好好睡一覺。睡眠不良和免疫系統功能降低有關。體內的T細胞，負責對付病毒和腫瘤，當睡眠品質不好時，T細胞的數目會減少，生病機率隨之增加。」

平日的我，因為承擔太多家務與公務，而顯得特別好眠。倒頭就睡；一夜無夢。失眠，並不是我會經常有的困擾。有一段時間因為失去至親而難以入眠，幾乎每天晚上都瞪著天花板到天亮。這時，我才深刻體會朋友們說的失眠有多麼痛苦。

練習禪修的朋友，教我一個方法：「觀想眉心。集中注意力在雙眉之間，很快就會睡著。」練習幾次，我覺得很有效，便一再分享給別人。

原來，「集中」與「放鬆」之間，有如此玄妙的關係。當你懂得「集中」，便學得「放鬆」。

解除身體的壓力之後，將心情放鬆，意志的防線降落，感官才能開始與自然裸裎相應。

人間的事，紛紛擾擾、沸沸揚揚。能夠出於污泥而不染、坐於喧擾而不躁，秘訣就是集中心志。

集中，說來簡單。最難的是：割捨。因為要集中，所以不能要得太多。懂得割捨，才會去蕪存菁、化繁為簡、忘煩存靜。另一位研究靜坐多年的醫生朋友，境界更高。他說：「心無旁騖，便得放鬆。」去除貪多的心，才能聽見自然的聲音。

好友為了協助我放鬆，特別介紹了她去印度普納社區靈修時的老師給我認識。

趁那位老師短暫來台，停留幾天，應允要幫我做一次「心靈按摩」。地點在海邊的一處新興社區附近，我們用英文做了短暫的交談後，老師開始將他的手掌放在我的背部輕柔地按摩，所到之處，病痛立現。他可以從比較僵硬的肌肉、緊繃的神經中，推測我身體的疲倦、以及心裡的憂傷。

神奇的是，漸漸地，我聽到海浪、鳥鳴、以及風聲。我問他：「您在播放類似『心靈SPA』那種CD嗎？」他很意外地看著我：「你聽到什麼？」

剛開始的時候，我只聽到社區路間來往車輛經過的聲音、伴隨著一所小學下課間學童的喧鬧、幾分鐘之後，我慢慢聽到海浪、鳥鳴、以及風聲。結束短暫的按摩，走出戶外時，我才真確的知道海浪、鳥鳴、以及風聲都是本來存在於這個空間的，並非來自音響設備，只是起初我聽而不見。

藉由解除身體的壓力之後，將心情放鬆，意志的防線降落，感官才能開始與自然裸裎相應。

規律，沒有錯；但錯在太規律。生活中非黑即白，是一種態度；但其中必須有一些灰色地帶，否則就不自然。

後來，又認識一位醫生教我學習靜坐，這也是可以放鬆自己的方式之一，但我還沒有練習得很好。

「你自己不能放鬆，應該常常藉助外力幫助自己放鬆。」一位出版界的長輩，十分關心，建議我常常接受按摩。

但是這對節儉成性的我來說，仍是個不必要消費，「我想學氣功！」

他聽了大笑，「你就是因為太過度系統化，才變得這麼容易緊張，怎麼還能再去學這麼系統化的東西。」

並非氣功不好；而是這個階段不適合我。

「你多久沒有『善待自己』？」他問。

剛聽到他這麼一問，我覺得啼笑皆非。我對自己很好啦！吃得飽、穿得整齊，沒有這方面的問題。但是當他繼續追問：「你多久沒有溜班看一場自己很喜歡的電影？或故意推掉那些不得不做的工作，讓自己無所事事地閒晃一整天？」

這讓我相對無言。對我來說，做這些「偷得浮生半日閒」的事，都是很不道德的。但我明白他在說什麼，被長輩洞悉我的弱點，既羞愧又感動。

幾年不曾謀面的老友，從美國回來。見面的第一句話說：「你知道嗎？你太乾淨。乾淨得令人害怕，不像平常人。」

對我，又是一記重擊。規律，沒有錯；但錯在太規律。生活中非黑即白，是一種態度。但其中必須有一些灰色地帶，否則就不自然。

我想到每次演講場合中認識的聽眾，他們的生命態度比我還認真，卻也因此充滿很多挫折。包括：望子成龍、望女成鳳的父母，一心想把婚姻經營得很好的新婚夫妻，努力要把戀愛談得好幸福的情侶……渴望美滿的眼神中，卻有些難掩的憂傷。他們都是一群嚴以律己、樂於犧牲奉獻的人，但常常落得「好人沒有好報」的困境，不是在盛年出現健康警訊、就是心裡有個打不開的結，在有志難伸時，覺得生命虧待了自己。

但哪裡是生命虧待了自己？其實是我們自己虧待了自己。

真正的享受，是不假外求的輕鬆自若。偶爾的放縱，並無大礙；但任何依戀成癮的享樂，只會讓人更加空虛。

常聽人說：「四十歲之前，以命換錢；四十歲之後，以錢換命。」凡經歷過親友幾番生死的人應該都會同意：「再多的錢，也不能換回寶貴的生命。」

相信很多努力奮鬥的人，都像年輕時的我一樣，鼓勵自己說：「再熬幾年就好了！」「為了讓家人過得好一點，辛苦是值得的。」「不該對這些無聊的人與事生氣。何必跟他們一般見識呢？」「忍耐吧！」這些想法都是對的，但這樣想的同時，也將所有的負面情緒壓到很深層的心底，連自己都不自覺它還存在。我們都忽略了，負面的情緒，很容易累積足以破壞健康的能量，而首當其衝的是：免疫力。

一旦免疫機能下降，就給疾病入侵的機會，嚴重的話，甚至還會罹癌。心志固然可以抵擋生活的壓力，身體卻擋不住病毒的竄動。當身體提早投降之後，心志才開始懂得順服。

我們終究得承認，在生命面前，沒有人是強者。現實生活裡愈是意志堅強的人，將愈早體驗這個無奈。承認自己的極限，順服於生命，我們才會開始學習如何和自己相處，讓種種壓力來去自如。

是的，讓壓力來去自如。不能否定它、忽視它；而是肯定它、接受它。用自己最享受的方法，排解它。

那篇在網路上盛傳的〈增強免疫力的十五招〉提出的建議，不外乎就是這些排解壓力的方法：按摩、吃維他命、運動、做白日夢、樂觀、開懷大笑、信仰、享受親密關係、擁有好朋友等等。

有趣的是，當流行感冒蔓延或碰到某些重大疾病，大家都努力尋求「增強免疫力」的秘方。有段時間，綠豆、鳳梨……賣到缺貨，每個人都道聽塗說，搞了半天，專業醫生的建議卻是：「當免疫力太過旺盛，反而容易激起反效果。有時候是某一種病毒的鬥志，發動更頑強的攻擊。甚至，有時候免疫力太強，也會有自體攻擊的現象，導致身心失調。」

最好的養生之道，是身心平衡。而唯有保持謙卑，敬重萬物，放下執念，身心才能真正平衡。

「你真懂得享受人生！」我們常以羨慕的口氣對別人說，什麼時候我們可以對自己說：「我真懂得享受人生！」不是臥薪嚐膽後的甘之如飴，而是善待自我以後的自在快樂。

享樂，不全然只是唱ＫＴＶ、跳舞狂歡、豪飲大賭；雖然，做這些事的時候的確會有短暫的快樂。但真正的享受，是不假外求的輕鬆自若。偶爾的放縱，並無大礙；但任何依戀成癮的享樂，只會讓人更加空虛。

用自己喜歡的方式，享受生命。如果不知道自己真正喜歡什麼，請放慢腳步，安靜下來，傾聽生命的召喚。

一位在商場非常成功的中年朋友，突然對生命覺得迷惘。他報名參加「斷食訓練營」，回來之後歡喜地告訴我：「人生最重要的功課，是每天為自己烘焙一盤『漂亮的蛋糕』！」他指的是：充足的睡眠、高纖低脂的食物、八大杯的飲水、輕鬆的心情、適度的運動，接著從自身排泄物的形體和顏色，評估自己的功課做得好不好。這個很特別的例子，我並不覺得噁心。其實要做好這個功課很不容易，但完成之後確實是一種人生真正的享受。

用自己喜歡的方式，享受生命。假如，你還不知道自己真正喜歡什麼，請放慢腳步，安靜下來，傾聽生命的召喚。

當你睜開眼睛時，覺得茫然；請閉上眼睛，你將看見道路。這是很有趣的試驗，如同專注可以催眠。而催眠的狀態，卻是極度的清醒、極度的放鬆。

一朝醒來，又是那一幕：朦朧的山嵐籠罩，一條小徑兩邊都是綠樹。清涼的空氣中，飽滿著如同雨霧剛剛歇止的澄靜。腳步突然因為短暫的遲疑而停止，回頭張望，「我怎麼會在這裡？」

理解生命的來龍去脈之後，請對自己微笑吧！你將會在這一抹親切自然的喜樂中，發現神奇的力量。

在身心中，
發現謙卑的力量

身心平衡，讓體力和毅力協調到最佳狀態，
自己先擁有和平共處的內在，才能活出祥和自在的人生。

唯有用心發掘，每個人皆有各自的天份

成功，不只是天份的問題、更是態度的問題。
忠於自己真正的興趣，持續發揮自己的潛力，就可能成為天才。
所謂「貴人相助」，固然是多了拉一把的力量，
但在此之前，你總得自己把手舉起來吧！

到國外旅行，當同行的夥伴們商量著晚餐後要去哪個ＰＵＢ狂歡的時候，他一個人悄悄回到房間，拿起素描本，在月光下對著飯店的池塘寫生。午夜兩點，當朋友們從繁華的夜街遊蕩回來，他還在聚精會神地完成第二幅鉛筆素描。

朋友們都知道他平日的工作十分繁忙，幾年來難得出國一趟，卻完全不能理解他竟把旅行時寶貴的時間花在寫生上。直到看了他的畫作，才恍然大悟地說：「原來你很有畫畫的天份。」

已近中年的他，露出靦腆的微笑，回答：「十幾年沒畫了！只是好玩而已。難得嘛！趁著出國旅行才有時間，平常忙著做生意都來不及，哪有機會這樣靜下來畫圖。」他說的是實情。

「天才耶！簡直無師自通。你年輕的時候應該去唸美術或藝術方面的科系，成就當不止於此。」一位精通美學的朋友既心疼又感嘆地說。

「當初也有這樣想過。但是，在我年紀還很小的時候，爸爸就對我說：『如果答應你去唸美工科，將來一定會害你餓死。』」

他的說法以及他爸爸的想法，的確是很多人共同的經驗。發現某種天份或興趣時，常因為考慮到將來就業不易的問題而打了退堂鼓。我很能理解。

「你知道嗎？很多唸美術科系的人，後來都改行去開計程車。」不知道是為了安慰自己、還是說服別人，他又補充說了這項他自己的觀察。意思是說，學美術很容易失業。

聊到這裡，我禁不住要表達自己的看法。「其實也說不定喔！我在廣告界有很多從事創意或繪圖方面工作的朋友，都是學美術的。反而有些學商或理工科系的朋友，後來去開計程車呢。」

我無意特別拿這個話題來抬槓，也不想勞師動眾去做市場調查學非所用的比例，更不是調侃開計程車的朋友。畢竟，我有好幾位朋友的父親，都是以開計程車為業，他們都很專業，而且樂在工作，並不是一般人想像中的那樣，因為找不到工作而去開計程車。

但究竟「學美術的人和學其他科系的人，哪一種人的失業率比較高？」這個問題，牽扯出另一個層面的問題卻是：「學以致用」和「就業機會」之間的關聯性，是不是選讀了熱門科系，將來就業就一定比較有發展呢？我想，並不一定，要看唸的人是不是真的對那個科系有興趣，而且到最後有沒有真正勤學苦讀地唸好它。否則，就算你選讀法律、企管、電子、機械、醫學……這些應用範圍很廣的科系，還是有可能碰到就業的瓶頸，或學非所用的問題。

每個人都可能是天才；但是，大部分的人都是被自己埋沒的天才。

我有個從小一起長大的朋友，幼年時即展現不凡的繪畫天份，文字創作功力也非常突出。到現在我還記得，他家的牆壁上填滿了他的塗鴉，每一匹駿馬都英勇帥氣而且栩栩如生。這大約是他五、六歲時候的事情。

再長大一點，我觀察到他口齒伶俐、辯才無礙。考上人人稱羨的高中之後，他計劃將來從事律師的行業。但是，當年的法律系屬於大學聯考的文法商類組，女性同學報考的比例較高；在他父親傳統的觀念裡，男孩子應該唸理工科系才有前途。於是，他為了符合家人的期望，讀了一流大學的電機系，後來還拿了碩士學位。但是，他畢業後從事的是直銷的行業。在一家國際連鎖的體系，擔任高階講師及顧問，負責訓練超級業務經理人。現在，他在上海的商場上闖出自己的一片天。

從這些實例中，我發現每個人都可能是天才；但是，大部分的人卻是被自己埋沒的天才。

小時候，當一個人的天份還沒有受到限制、壓抑，或還沒有被世俗的價值觀左右時，很容易發現他與眾不同的興趣、以及與生俱來的能力。但是，愈長愈大以後，這些天份就慢慢被放棄了。

表面上的理由，都是因為擔心將來找不到工作、賺不到錢，當然也很可以理所當然地，再這個把責任推給爸爸媽媽，說他們用自己的價值判斷，扭曲了孩子的性向發展。但事實上，真的是這樣子嗎？

我的好朋友吳淡如小姐，在文壇上有亮麗的創作成績，是眾所皆知的暢銷書天后級作家。在我的觀察裡，她就是天生要吃這行飯的人。

不過，我詳細閱讀她的作品，發現她從小既乖巧、又叛逆，懂得對大人察言觀色、卻不事事屈服。她隻身負笈北上求學，不負眾望地考上北一女中，大學聯考又上了一流學府台大。唸了四年法律系，卻選擇了中文研究所深造，拿到碩士學位。

在報社工作幾年之後，她靠著聰慧的才華與敏銳的文筆，成為暢銷作家。隨後跨行主持電視、廣播節目，並繼續深造ＥＭＢＡ，還創業成功。

在追求夢想的過程中，她被壓抑過、也被扭曲過，但在自己的覺悟與努力之下，終究如「囊中之椎」般必定要冒出頭來。她和很多人一樣，從小就是個天才；不同的是，她長大之後，依然還是個天才，沒有被自己埋沒掉。

是的。道理很清楚。誰能埋沒自己的天份？唯有自己而已。

對自己沒有信心，是放棄天份的第一步。誤以為：只要輕易說服自己不是天才之後，就可以省去很多麻煩事！

究竟，一般人都用什麼魔咒輕易地扼殺了自己的天才，卻又沾沾自喜地以為做了正確的、或不得已的抉擇？以下是幾個埋沒天份常用的魔咒，很多人拿來自我催眠，以至於理直氣壯地放棄原本獨特的自己，我在每個魔咒之下，附註了應該調整與修正的心態，提供你參考：

埋沒自我天份的第一魔咒：我不可能是天才——自暴自棄太可惜。

對自己沒有信心，是放棄天份的第一步。只要輕易說服自己不是天才，之後就可以省去接下來的很多麻煩事，例如：不需要繼續努力、不需要面對挫折、不需要克服困難……

所以，大部分的人發現自己有某種天賦之後，最簡單的應對之道，就是告訴自己：「這沒有什麼啊！我不可能是天才。」寧願庸庸碌碌過大半生，到了中年以後再來怨天尤人，說自己懷才不遇、時運不濟，沒有一件事如自己的意。

埋沒自我天份的第二魔咒：我沒有機會成功——時機要自己把握。

在發掘潛力、開拓天賦的過程中，得吃很多苦、花很多心力，也需要很多人幫忙。這一切都要靠自己堅持的力量和嚐試的勇氣，才能度過難關，並且遇見生命中的貴人，掌握成功機會。

德國作曲家貝多芬，一七七〇年生於波昂，四歲開始被迫練琴，十一歲追隨宮廷風琴師尼菲學習。尼菲看出他的天份，不斷鼓勵他、並且幫助他成功。如果，當年他也告訴自己：「我沒有機會成功！」古典樂界將少了很多精采的作品。

貝多芬二十八歲時患了耳聾，甚至一度有輕生的念頭，留下「海德堡遺書」。曾經萬念俱灰的他，最後卻憑著一股超人的毅力，克服困難，在美國獨立與法國大革命的大時代中，以嶄新的曲風，留下澎湃不朽的樂章。

埋沒自我天份的第三魔咒：我欠缺很多能力——能力靠學習累積。

天才，只是發現上天賦予的某一部分能力，其他能力還得仰賴後天的培養，並非一蹴可幾。一六四二年生於英國倫敦的天文學家牛頓，個性內向，但勤奮好學。在劍橋大學修習數學和物理時，並沒有特別傑出的表現，後來在巴羅教授的指導下，才展露出驚人的天份。

波蘭科學家居禮夫人，一八六七年生於首都華沙，也是個好學不倦的天才。高中畢業時，曾經因為家裡太貧窮而不能唸大學。輟學之後，她一邊當家教、一邊自修。八年後才正式進入法國巴黎大學，先後獲得物理學士第一名和數學學士第二名的殊榮，並兩度獲得諾貝爾獎。

這些舉世聞名的偉人，都被奉為天才。但是，他們不凡的成就，大部分並非來自天賦的能力，而是後天的學習。換句話說，發現「我欠缺很多能力！」時，並不需要沮喪，反而應該恭喜自己：「還有很多需要學習的地方。」正如同「聞過則喜」的道理一樣，即使被別人指出缺點，更應該心存感激、覺得欣喜，一則因為對方出於善意，二則因為自己有改進的機會，可以從中學習。

埋沒自我天份的第四魔咒：我已經夠好了——謙虛是成長動力。

和上述幾種扼殺自己天份的魔咒截然不同，但功能一致的是：「志得意滿」的想法。看起來似乎自信滿滿，卻在不知不覺中演出「小時了了；大未必佳！」的悲劇，實在令人遺憾。

而一八五三年生的荷蘭畫家梵谷，卻是另一種相對的典型。他從不覺得自己是個天才，也不曾驕傲自滿過。當過店員的梵谷，曾以為自己只能從事教師、牧師或傳教的工作。二十七歲才被肯定有繪畫的才華，開始不停地作畫。他生前只成功賣出一幅油畫、看過一篇關於自己作品的美術評論。一直到他三十七歲在巴黎自殺逝世後，幾百上千幅素描與油畫作品才成為世人爭睹的藝術風華。

這麼許多天才的故事告訴我們：儘管身處不同的成長環境、不同的遭遇，每個人都可能是個天才，但是千萬不要被自己埋沒，總有一天會嶄露頭角。

唯有先懂得對自己的人生負責，不願意唯唯諾諾過一生，才能義無反顧地追求自我。

回國不久之後，我又和那位曾經在旅行途中寫生的朋友連絡上，他告訴我：「我愈來愈發現我的兒子，很有繪畫的天份。」聽得出他的語氣中有興奮、也有擔心。

「來自你的遺傳喔！」我故作輕鬆地說。

「可是，我擔心……」他遲疑了一下。

「擔心他將來找不到工作。」我幫他接上的，是他老爸在二十幾年前告訴他的話。

掛了電話後，我並不會為了他的小孩覺得可惜或遺憾。我相信，固然每個天才都需要得到很好的栽培，但與其被動地等待別人給機會，不如自己大聲地站出來要求、或靠自己不停地努力。

如果，他的兒子繼續悶不吭聲，自己埋沒天份，這個孩子會漸漸成為平凡的人。如果，他的兒子真正是個天才，沒有人能夠限制他。

畢竟，這不是有沒有天份的問題，而是自己的態度問題。忠於自己的興趣，發揮自己的潛力，都只能靠自己。所謂「貴人相助」，固然是多了拉一把的力量，但在此之前，你總得自己把手舉起來吧！

每年都有許多學生從學校畢業，面臨就業的抉擇。在校園演講時，我常碰到應屆畢業的同學問：「我很茫然，不知道該從事什麼行業，請給我一點建議、或指示。」

我的回答通常是：「在決定從事什麼行業之前，不妨先學會做一個懂得對自己負責的人。」唯有先懂得對自己的人生負責，不唯唯諾諾過一生，才能義無反顧地追求自我。

正因為人生短暫、微不足道，我們才更有理由要讓自己活出獨特風格和主張。

在天份中，
發現謙卑的力量

及早發現自己和別人不一樣的地方；並且將獨到的特質，
培養為對別人有幫助的專長，才不辜負天賦這個禮物！

當微風吹動，在生命盡頭看見溫暖的光

在悲慟中，
溫柔是最堅強的支持力量。
當「樹欲靜而風不止；子欲養而親不待」的遺憾已然成為事實，
只能衷心盼望微風吹動時，法音清流永在心中。

幾年前，與一位商場上的朋友，在偶然機會中聊到追尋自我的議題。啜飲幾杯紅酒以後，感慨萬千地回憶過往，親密地對我說出一件他認為是個人秘密的陳年舊事。

「父親過世的那個下午，我一個人在城市的街上漫無目的地逛了好幾個鐘頭，淚流滿面，既悲傷又喜悅。父親走了，我好像獲得了某種自由，可以隨心所欲做自己的快樂。但是，好像又寧願自己永遠不要擁有這樣的自由。」

當時年紀還算輕的我，竟聽懂了年近半百的他，在這一番話裡有多麼沉重的悲痛。

傳統社會裡，父親總扮演著嚴厲的角色，讓聽話的兒子一輩子都活在一種達不到高標準的恐懼中。深怕辜負父親的期望，似乎是每個男孩在成長過程中逃不掉的壓力。

有的人選擇順從、有的人選擇背叛。不同的態度，決定了父子關係的親密或疏離，但在這兩種關係卻又同時交纏著吸引和抵抗，貫穿於血脈相連的兩個男人身上。

另一位事業有成的中年男子，在他的父親逝世七年之後告訴我：「闖蕩江湖，奔波了半輩子，直到父親離開，我彷彿在瞬間發現自己變得成熟。過去的我，看到什麼就想抓住什麼；失去父親以後，我才慢慢懂得放手。」

年輕時我的長相和言談，雖然留有稚氣，心靈上卻有異於常人的早熟。三十二歲那年，我辭去外商公司經理人的職務，就已經不再想抓住太多世俗的東西，對物質的貪癡也漸漸放手。但不知道為什麼，我常常在無意間想起他們兩位前輩的話。甚至，我也問過自己：「如果有一天我突然失去父親，我會做什麼？我的人生會有什麼重大的改變？」

理所當然地，我從不曾給自己答案。因為，這個偶爾浮現腦海的問題，有些不吉祥，我害怕不好的念頭會變成一種預兆，每當思考碰觸到這部分的邊緣，我就讓自己跳過、閃過，不願面對。繼之而起的是百分之百能夠說服自己的事實：「怎麼有可能，父親身體那麼好，活到將近八十歲，還沒看過醫生呢！」

不論做了多少準備，
失去至親都會是人生裡一個很大的意外。

就算後來在一個夜裡，父親突然因為心臟不舒服，陪他去醫院急診，經過住院治療一段時間，我也不覺得他的身體會有什麼大問題。康復出院之後，他又提著平常慣用的紙袋，裝著外套和筆記本，經常和朋友相偕出遊。

「如果有一天我突然失去父親，我會做什麼？我的人生會有什麼重大的改變？」儘管這個問題出現心底的次數和頻率漸漸增多，我仍然不願給自己答案，而且愈來愈應付自如地擋住思路：「不可能的，他還那麼健康呢！」

然而，生性敏銳的我，經常感應到許多不尋常的預兆。

印象最深的是台北陽明山花季開始的第一天，我照例像往年一樣陪伴父母去賞花。抵達公園將車子停好之後，因為交通警察臨時取消公園內部原先規劃的停車位置，要求駕駛人將車子開走，停到靠近公園門口的停車場。我只好讓父母先行下車賞花，約好時間再回頭去找他們。當我停好車子，獨自回到剛才分手的位置，只見滿眼紅艷繁花，映著澄淨透明的藍色天空，如置身仙境般美麗得十分不真實。站在芳華滿枝的大樹下，落單的我突然驚出一身冷汗。

回程時，問母親：「您有沒有覺得今年的花開得不尋常？」

坐在後座的母親，轉頭提高一點聲量，將我的問題複誦給重聽的父親，少年時在中國大陸學園藝出身的他，很專業地回答：「今年春季沒有雨水，花朵才會盛開得特別壯麗。」

專心駕車駛過一個轉彎，我沒有想到這是父親生前最後的一次燦爛。就在花季結束時，父親再度住進醫院，歷經三個月的治療，離開人間。

於是，我開始學習去過沒有爸爸的父親節。

「如果有一天我突然失去父親，我會做什麼？我的人生會有什麼重大的改變？」即使是在父親漸漸失去意識的階段，我還是沒有讓自己有任何機會去想這個問題的答案。

在學姊的指導之下，我懂得了如何與躺在病床上逐日失去神智的父親以心靈溝通，並且盡量依照他的意思預先準備後事。

但不論做了多少準備，失去至親都會是人生裡一個很大的意外。

父親住院最後一段期間，病情時好時壞，我們的心情也跟著起起落落。直到監控生理現象儀器的螢幕上，每一條曲線都變成水平線，所有數字都變成問號。對家屬而言，它依然是一個很大、很大的意外。

親人死亡，把家屬的心，撞破一個巨大的黑洞。耗盡一生的思念、哭盡所有的悲傷，都填不滿這個空洞。

關於死亡，我懂得的太少、我所能做的準備更少。所以，它自始至終都是個意外。而這個意外，帶來很重大的撞擊。把我的心，撞破一個巨大的黑洞。耗盡一生的思念、哭盡所有的悲傷，都填不滿這個空洞。

就在月圓來臨前的那個晚上，我失去父親。圓滿的家庭，從此少了一個親愛的夥伴。生命，開啟了一個永遠無法彌補的缺口。不論在此之前，我覺得自己曾經為父親做了什麼，或反省自己什麼都沒有做好，都是遺憾。

從前，我對「父親節」這種被商業機制炒作出來的節日，不免停留在送「刮鬍刀」的膚淺聯想。但是在為父親整理遺物時，發現他悉心珍藏著多年前我和姊姊在父親節時合送他的刮鬍刀。再一次地意識到，我已經沒有機會送他任何禮物時，悲從中來。

漸漸地，我懂得了世界上最大的悲傷。

有一次，我和一位出版社的同仁到馬來西亞參加國際書展，並舉辦簽名會。

行程中，她非常盡責地照顧我，給我很多協助。回到台灣，下了飛機，我向她致謝，並誠懇地說出這幾天來我對她的觀感：「很慶幸台灣的出版界，有妳這麼認真負責的人才，真是令我非常尊敬。但是我盼望妳不要給自己太多壓力，要快樂一點。妳知道嗎？這幾天我很少看到妳的笑容，妳的眉頭鎖著很深的憂傷。有沒有什麼事，是我可以幫忙的？」

「謝謝！」她含著眼淚說：「沒有什麼事要勞煩您的，謝謝。」

幾個月以後，我輾轉聽說那段期間她的父親重病住院，撐過一段時間，在她萬萬不捨中往生。

知道這個消息時，我十分愧疚。回想起馬來西亞那一次的旅行，為了公務，她陪我出差，一路強顏歡笑。

後來她跟我分享當時的心情，「這種事是沒有人能替代的，所有的悲傷都要靠自己來承擔。」儘管她的父親過世有一段時間了，每當提起這些人生經驗，她還是不能克制地流下眼淚。

父親重病期間，我深刻領會了她的話。父親離世以後，我也終於知道了那鹹鹹的淚水，流不盡思親的傷悲。

每個失去父親的人，內心都有一個永遠也無法填補的空洞，總在深夜裡，如偌大的風櫃般吹響失去至親的痛楚悲鳴。

遺傳了父親不喜歡打擾別人的個性，父親辭世後的幾個月，我很少向親近的朋友提及內心的種種感受。

極少數的朋友問及我的消瘦與憔悴，真正深入了我的傷悲。分享心靈的過程，我發現每個失去父親的人，內心都有一個永遠也無法填補的空洞，總在深深的夜裡或孤獨的時刻，如偌大的風櫃般吹響失去至親的痛楚悲鳴。

「你的經驗，讓我重新溫習那段每天夜裡在醫院守著父親的日子，」一位在金融機構擔任主管的友人，翻出十年前的記憶，透過往返的email，如晴川歷歷地談及他失去父親的始末，「父親要走的最後的一段日子，我每天從晚上十點看著父親到清晨七點。由於化療的關係，父親剩下不到四十公斤，癌細胞不斷蝕空他的肺，只能靠呼吸器維持生命。在止痛藥讓他喪失心智又疼痛不已的時候，我每天晚上所能做的，就是鬆開院方怕他亂拔呼吸器或亂踢所綁住的雙手雙腳，用我的雙手，整夜地抓住他的雙手，就怕他拔掉呼吸器，他用不知道是神智不清還是哀求的表情面對我，我一直哭，他一直搖頭……」

「回到台北時，已經是父親逝世幾天以後的事了。」另一位旅法留學期間突然遭逢喪父之痛的女性好友，悠悠談起十幾年前的往事，在電話彼端依然傷心落淚，「雖然那幾天常感覺爸爸仍在家裡走動，在浴室刮鬍子，但是我一直想夢見父親，他卻從來沒有在夢中出現。」

「辦完喪事之後，儀式告一段落，才是悲傷真正的開始。」她說：「怕刺激母親的情緒，我只能關在房裡偷偷地哭，又怕哭腫了眼睛被媽媽發現。」

當好友各自描述失去父親的經驗，悲傷有了深刻的共鳴。我徹夜跪地長嚎，卻仍無法填補那個空洞。靠著服用安眠藥才能入睡，夢中父親回來幾次，清晰地讓我不得不相信他一直還在我的身邊。

我也常在佛教的法會中閉上眼睛，觀想他乘著雲朵往西方極樂世界，表情慈祥。至今我不確定這是否純然出於自己的想像，但願事實就是這樣。

「虛空有盡；我願無窮。情與無情；同圓種智。」

真正傷過心的人，當更有能力學會慈悲。

「如果有一天我突然失去父親，我會做什麼？我的人生會有什麼重大的改變？」這個問題，終於有了確切的答案。

仔細回想起來，我很慶幸有一位這樣的父親。他最令我感念的一點就是：他從來不曾以自己的價值觀加諸在我的身上，也從不以他未完成的志向扭曲我的人生。在別人都不看好我的時候，他堅定地告訴母親：「若權一定會考上很好的大學！」

當別人的兒子都選念熱門的理工科系時，他對我選擇社會組毫不加以阻止。當他朋友的兒子都在大型企業步步高陞時，他不曾反對我辭去工作，以自由顧問業為生涯發展的方向。當親友的兒子都成家立業時，他從未逼我結婚。

所以，當父親辭世的那一剎那，我並沒有任何壓抑之後終於解脫的感受。只是在為他助念佛號的每一刻，想起他無為而治的教養方式帶給我無限創意的成長經驗。

「失去父親時，我會做什麼？」除了為父親助念佛號、每日親自誦經之外，其實我沒有特別做什麼。尤其，現今社會有了「生前契約」這項提供往生禮儀服務，家屬在傷痛的同時毋須為瑣事而疲於奔波。

「我的人生會有什麼重大的改變？」我想，最大的改變是對宗教信仰的態度。從小就接觸不同宗教，到現在我還一直認為世界上所有的神都是同一個「祂」，只不過各國各地的稱號及膜拜方式不同而已。因為某些機緣，我跟佛教接觸較深，但還是遲遲無法進入真正信仰的殿堂，最主要的障礙是來自沒有完全被「輪迴」的觀念說服。

自從父親往生之後，種種的感應，讓我不得不相信前世今生的因果隨緣。此刻的我，不但願意相信「輪迴」，更堅信我們父子將來會在佛陀的光耀裡重逢。即使彼此已不相識，我仍願以供養三寶的誠心，回報此生的親恩於萬一。

「虛空有盡；我願無窮。情與無情；同圓種智。」真正傷過心的人，當更有能力學會慈悲。在父親往生的過程中，我失去了很多，也得到很多。長輩的關心、好友的擁抱、鄰居的慰問……在悲慟中，溫柔是最堅強的支持力量。

《佛說阿彌陀經》中，有一段經文：「微風吹動；諸寶行樹；及寶羅網；出微妙音；譬如百千種樂；同時俱作。」當「樹欲靜而風不止；子欲養而親不待。」的遺憾已然成為事實，只能衷心盼望微風吹動時，法音清流永在心中。

我的父親，在北部海岸的山上長眠，他會看見遼闊的天空、聽見永恆的潮音。而我會用一輩子的時間，想念。

如果您面對親友病痛臨終等情形，建議您事先與下列機構聯繫，主動尋求協助：

佛光山慈悲基金會

法鼓山全球資訊網

法鼓山助念團

慈濟全球資訊網

失去至親，彷彿生命從此開了一個黑洞。但也因為這個黑洞，讓我們更懂得用愛彌補，發現更多幸福。

輯二

人與人之間，甜並非壞事，淡卻別有滋味

那些迷糊受的傷，是幸福的養分

在愛情的世界裡，沒有真正的天才。
我們都只能從自己或別人的經驗中記取教訓，
讓所有受過的苦、傷過的心，成為在愛中成長時所需的養分。
少點「一時糊塗」的遺憾，就能多些「長久幸福」的希望。

她對我說，駐足生命的角落，回頭看看過往的愛情，感覺竟是：「當初好傻！」我了解這種心情。誰不曾為愛癡傻？只不過——有時候，傻得可愛；有些時候，傻得悲哀。

青春不能重來，我們總要原諒自己，並且消遣自己，用當初的傻勁，換取現在的成熟。但願每個人在年輕的時候，是傻得可愛，不是傻得悲哀。畢竟，愛情是一門艱深的功課，沒有教科書可以傳授適合每一個人的經驗法則。大家都在自身的歷練中悄悄地摸索，期望減少「一時糊塗」的遺憾，增加「長久幸福」的可能。

曾經和一位年逾不惑的醫生朋友聊天。他很掏心掏肺地對我說：「有過一次婚姻經驗之後，即使現在碰到令自己非常心動的對象，也會比較謹慎地表達感情。我想，失去青春的代價，就是換來對感情的能放能收。」

據我所知，他在半年前認識了一位堪稱一見鍾情的對象，兩個人以普通朋友的形式開始交往，至今沒有任何親密的接觸，卻兩心相許。曾經是花花大少的他，十足跌破朋友的眼鏡，大家都不相信他能夠按捺得住身體的衝動，只用心靈交流。

他不諱言：「這半年來，我連和她講電話時，只是握住話筒，生理都會有明顯的反應。」我知道他想強調的，並非「男人四十，還是一尾活龍！」這方面的事；而他真正想表達的，是自己對身體與感情的駕馭，已經到成熟到毋須矯飾的地步，算是對彼此都誠實無欺了。

他的表述，令我十分動容。一個人對感情能放能收，而且雙方都不覺得勉強痛苦，是多麼武功高超的境界。

然而他的經驗，也讓我心疼。在愛情的世界裡，從沒有天才。所有武功高超的人，都曾經因為一時糊塗，吃了不少苦。武藝是否精進，關鍵不在於次數，而在於每次一時糊塗之後，若能幡然悔悟，從經驗中記取教訓，所有吃過的苦，都會變成在愛中成長時所需的補。

幸福之前有七大迷障，常讓人們因為一時糊塗，而誤入歧途。愛情品質的好壞，無關智商。想要擁有幸福，先看清楚自己。

愛情品質的好壞，無關智商。能不能擁有幸福，和一個人的工作能力，也沒有直接的關係。許多聰明的人，把自己的感情生活弄得一團糟。也有很多一心追求幸福的人，盡了最大的努力之後，卻離幸福愈來愈遠。看過這麼多感情的個案，我發現：擋在幸福之前，有七大迷障，常讓人們因為一時糊塗，而誤入歧途。

迷障之一：把愛情當作革命事業來經營。

愈是眾人不看好的戀情，自己愈是覺得轟轟烈烈。尤其，戀愛若是被父母反對，更是誓死如歸。根據我私下的統計，這些自許為革命烈士的多情人，有一半以上「壯志未酬身先退」；而另外一半呢？其中有百分之八十的人，在革命成功之後非常後悔。

感情，的確是為自己、而不是為別人談的。這句話，最重要的意義，並非教人獨裁寡斷，完全不參考別人建議，而是要學會對自己的感情負責。一段感情，若不能得到身邊大部分朋友的肯定，絕對是其中存在一些連你自己都看不清楚的盲點。

至於來自父母正、反面的意見，多少和你本身在家庭的表現有關。如果你在家庭中是一個依賴性高、令人很不放心的孩子，父母將很難看好你的戀情。

而父母和親友的反對程度，正好對應出你的自我檢討及溝通協調能力。當你連這些家務事都擺不平，將來有可能也會對處理自己與伴侶之間的衝突感到十分棘手。即使你可以獨排眾議，和你所愛的人在一起，兩人生活中的摩擦，將會是另一個難題。

迷障之二：一廂情願地以為，只要堅持就會幸福。

暗戀、或單戀，是愛情中最傻、也最不值得的。但是，很多人以此為樂。他們堅信「把一個人放在心中，就是永遠！」我卻要在這句話後面加上三個字，做為誠懇的提醒：「把一個人放在心中，就是永遠——『的遺憾』！」

當你開始喜歡一個人，絕對有權利、也有義務讓對方知道；當然，你也必須做好對方不接受這段感情的心理準備。假使被斷然拒絕，你也應該深覺慶幸：至少，沒有繼續把感情投入在一個不該放感情的人身上。

這是還沒有開始一段戀情之前，應該具備的智慧；也是一段感情結束之後，非常必要的清醒。

很多人花了太多力氣，與已經決定分手的戀人糾纏不清，也和自己過不去，到最後還很不甘心地吶喊：「為什麼我這麼努力，愛情還是要離我而去？」

一支優美的雙人舞，應該是兩個人完美的配合，你進一步、我退一步，幸福相隨。面對面時，手牽著手，你向你的右邊移、我往我的左邊靠，形影不離。

愛情，是兩個人之間曼妙的舞曲。當其中有一方不願意開始跳、或不想繼續跳下去，而你硬要拖著對方跳舞，不但可能相互踩傷對方的腳，也會糟蹋了優美的旋律。

▨迷障之三：兩個好人在一起，卻變成一對「怨偶」。

在交往之前，兩個人分別在朋友眼中都是好人；但是，開始談戀愛之後，很可能變成一對「怨偶」。連自己都百思不解：經過了解、相處之後，卻從「一對璧人」反倒變成了「兩個避人」——令對方避之唯恐不及的人。

這是愛情中很殘酷的事實：條件很好的人，不見得適合自己。也許，自己在眾人面前也是挺優秀的，但就是有些令對方無法忍受的缺點，並且相互挑剔。

紀伯倫說：「不和諧，可能是兩心之間最大的距離。」愛情，有時候像染色劑，相識之前，兩個人原本擁有各自鮮豔的顏色，碰撞在一起之後，未必能調和出更美麗的第三種顏色。

相愛，是一種協調的藝術，而不是輝煌的技術。如果無法認清楚這一點，再多的努力都顯得多餘。

時光，不會真的使愛情褪色。誠如所有的古董，總會在歲月的淘洗中散發出另一種吸引人的光澤。重要的是：協調的感覺。

迷障之四：在時間壓力之下做了不得已的選擇。

幸福，可以是妥協之後的結果。但是，這種妥協必須是自發性的，出於誠懇的自願。譬如：你犧牲一場音樂會，陪他在公司加班。改天，等他忙完了，補你一頓大餐。

妥協的內容，可以是一次約會、一個生活習慣、一種價值觀；但最好不是和時間妥協。我看過許多在時間壓力之下做決定的婚姻，往往都不會幸福。例如：即將畢業了，必須談場戀愛才顯得不虛此行；終於快要三十歲了，趕快找個人嫁掉；應對方長輩要求，百日之內成婚；為了迎接不在預期中的嬰兒，匆促完成人生大事。

英文叫「Deadline」，中文翻譯成「截止日期」，直譯則稱之為「死期」！在時間壓力之下經營愛情，常常只是在趕進度，當然顧不了品質。一旦時間壓力解除，雙方重回理智，生命的現場將變得十分狼狽，悔不當初。

迷障之五：對兩性的角色有矛盾的誤差。

在強調女男平等的時代，卻又高唱「男女大不同」的論調，的確會造成相處時很大的衝擊。

一份民調顯示，兩性之間挑選對象的條件依舊是「男愛美色、女愛財富」。但除此之外，還有更多的要求。

女性期望男人有雄厚的肩膀、也要有細膩的心思。男人理想中的女性，則是既獨立、又溫柔。說實在的，這兩極化的條件並非「魚與熊掌」般難以兼得，只是雙方都需要時間去學習、並且彼此調適。

都已經是二十一世紀了，關於「女人可不可以主動追求男人？」「丈夫是個大男人主義者，我該怎麼辦？」「姐弟戀，會幸福嗎？」「同性之間會有真愛嗎？」仍引起激烈的討論。表面上，大家都強調尊重與包容；實際上，能做到的幾稀？

真正的愛情，是超越性別、超越國界、超越種族的。學會包容的起點，其實是坦然地看待差異。人與人的差異、女與男的差異、異性戀和同性戀的差異、東方與西方的差異……然後，學習接受與了解。

當美國奧斯卡金像獎頒獎典禮出現黑人的男女影帝，獲獎人淚流滿面地說：「這是所有黑人演員的驕傲！」時，我的內心十分震懾。種族的壓抑，無法抵抗人間至美的真情。更何況女與男、老與少、同性與異性？

不要再拿你的性別角色或性別傾向當藉口，或做為不能夠幸福的指控。只要你是一個能夠獨立思考的人，並願意付出努力，也懂得方法，或許過程中苦一點，但終必幸福！

迷障之六：悲劇才是愛情中最美的一齣戲。

平凡的人生，的確需要彼此用創意來激起美麗的火花。愛情的精采可期，必須雙方都願意用心經營。不過，有些「一時糊塗」的人，卻犯了「毀」人不倦的毛病，情到濃時，讓愛別離。

離開的理由，十分不具說服力，卻如潛意識裡無法擺脫的魔咒般，左右了無法控制的自己。

在穩定的戀情中出軌、在幸福的婚姻中外遇，為了嘗試新鮮、為了怕生活被定型、為了在無風不起浪的沉寂歲月裡再掀高潮……很多人習慣用悲劇來證明自己的青春不老，用背叛來嘲諷愛情仍活在即將花白的髮梢。

「執子之手，生死契闊！」再深的愛，都無法在世間永恆，只會在多情人的心中永遠。

攜手相陪，一年或數十載，總有一天，其中一個人會先離開。歷經感情的滄桑，才會真正明白：人生最大的悲劇，不是生死離別，而是兩個人相守在一起，但不相愛！

迷障之七：僥倖地以為自己可以逃過一劫。

青少年墮胎、感染愛滋病的比例，在亞洲地區仍居高不下。高中生有性行為的人數不斷提昇，更令人擔憂的是，絕大多數沒有做安全措施。

我認識一對學歷很高的夫婦，結婚五年來，每年都生了不在計畫中的小孩。丈夫說不喜歡戴保險套、太太說日子算不準……

激情的時候，最容易犯了「聰明一世；糊塗一時」的毛病。然而，「糊塗一時」可能毀了「聰明一世」。幸福，不是憑藉於僥倖過關的機率，而是每一次、每一天的小心翼翼。

綜觀這七大迷障，不免心驚。其中很多錯誤，都只是一念之差，卻明顯畫出「幸福」與「不幸福」的界線。

幸福，的確需要付諸很多努力去爭取。但是，在還不懂得如何努力之前，不妨先從避免犯錯開始做起。畢竟，這是歸納很多不幸福的案例所得到的「前車之鑑」，又何忍再讓自己重蹈覆轍呢？

幸福說難很難，說簡單也簡單。不過是——少一點迷糊；就多一點幸福！

在幸福中，
發現謙卑的力量

真愛，不是「只要我喜歡」就可以的「為所欲為」；
而是真正關心對方、也替對方著想的「有守有為」！

謹防密友變損友，情人成了仇人

不是「什麼原因」會讓密友變成損友，
而是「什麼類型」的朋友，會從密友變成損友。
幾乎所有的「損友」，都是從冒充「密友」開始的。
但他會刻意裝扮成「密友」的形貌，出現在你身邊。

人際之間的關係，常因為變化快速，而難以掌握。最令人感到驚恐與沉痛的，莫過於被最信任的人背叛。尤其，若是發生在親人、情人、或友人之間，愈是親密的關係一旦有了轉變，確實會難以承受。

請你先來猜猜看，以下這些看起來有點熟悉的描述，是發生在知名的公眾人物身上、或是出現在新聞社會版的素人、還是你我之間都可能發生的個案呢？

❶朋友以關心的姿態說服你買個昂貴的消費品，事後發現他其實另有目的，是為了他個人的業績。

❷跟好友說了一個「絕對不可以告訴別人」的秘密，他答應保密；但不久之後，意外發現這件事已在朋友圈內流傳開來。

❸金融卡放在皮夾，卻被好友盜領。

❹平日感情不錯的同事，一起出差，公司安排住宿同一個房間，對方拍下你更衣的畫面，暗自存在手機裡，事後轉發給別人。

❺與情人拍下非常私密的合照，戀情觸礁後，對方不想分手，以照片威脅。

❻感情出現第三者，而她（他）竟然是閨蜜（好哥兒們）。

其實以上這幾種狀況，在生活中司空見慣。如果你很幸運，從未碰到過類似的事情，只是從朋友或媒體聽聞過這樣的事，版本略有不同而已。一個氣憤難平；一個無辜喊冤。看多了、聽多了，或許會覺得這些事件裡各自的說詞，真真假假、假假真真，因為不是當事人，所以弄不清楚他們之間究竟如何互動，無法真確知道孰是孰非。

不過，若設身處地為當事人想想，讓他們感到惶惶不安的是：為什麼曾經親密相處的家人、情人或友人，有朝一日會變成仇人？

感情的變化，的確難以預料。不論是友誼或愛情，誰都不知道什麼時候會產生質變。若要避免密友變成損友、情人變成仇人，最好的方式，還是交往時就小心謹慎，不要因為一時大意，將來後悔莫及！

其實，關係改變的模式大致都差不多。讓我們先從友誼的部分來看看其中的變化，就不難理解為什麼情人會變成仇人。

從根本上來說，不是「什麼原因」會讓密友變成損友，而是「什麼類型」的朋友，會從密友變成損友。

換句話說，「損友」一開始就是「損友」，只不過他裝扮成「密友」的形貌出現在你身邊而已。有趣的是，幾乎所有的「損友」都是從冒充「密友」開始的。如果他本身不是「損友」，不具「損人」的特質，無論交往多久、形式如何，都很難發生因為過從甚密而變成損友的遺憾。

一開始結交朋友，就要觀察他是否具有「益友」的特質，因為「損友」的三個特質，很難在一開始交往時就發現。

幾千年前，孔子就有明訓：「益者三友，損者三友。友直、友諒、友多聞，益矣；友便辟、友善柔、友便佞，損矣。」一開始結交朋友，就要觀察他是否具有「益友」的特質，如果完全沒有具備「友直、友諒、友多聞」三者其一的特質，那麼就要特別小心，因為「損友」的三個特質，很難在一開始交往時就發現。

通常，你會盲目地喜歡一個人，說不上什麼特別的原因，很可能是因為他會給你歡樂的感覺，說些好聽的話、帶你去好玩的地方、為你準備好吃的東西⋯⋯甚至更厲害的是，他什麼也沒做，只會靜靜地聽你訴苦，陪你罵盡天下所有你討厭的人。

或者，你什麼也沒做，他卻告訴你所有不為人知的八卦，講完之後還特別交代說：「我只告訴你喔！千萬不要再告訴別人了。」

於是，你沾沾自喜，以為你是他此生唯一的好朋友，卻萬萬沒想到，他跟每個人都說同樣的話。

這一類型的朋友，最初交往的過程，是無害的。但是，交往久了，你們之間的交集只剩下：吃、喝、玩、樂、你最私人的秘密、以及別人的八卦。除了這些，什麼也沒有。

表面上看來，你們好像是心靈知己，只有他知道你喜愛什麼、討厭什麼、貪圖什麼、恐懼什麼，但是他從來不會鼓勵你嘗試有益身心的新事物、破除成見接受原本逃避的東西，他從來不會勸你割捨、也不分享智慧，使你更有勇氣。這樣的朋友，究竟對人生有什麼正面的幫助呢？

如果他是個別有居心的人，深入交往之後，他將利用對你瞭如指掌的部分來控制你，從你身上得到好處。

你的成就，他希望分一杯羹；你的脆弱，他據以作為要脅；你的絆腳石，變成他的墊腳石。

《三國演義》中，周瑜和蔣幹的故事，就是好友變成損友的經典案例。赤壁大戰前夕，曹操親率百萬大軍，圖謀橫渡長江，直下東吳。

東吳都督周瑜也帶兵，與曹軍隔江對峙。雙方劍拔弩張，戰役蓄勢待發。

蔣幹是曹操手下謀士，從小和周瑜是同學，交情深厚。他向曹操自薦，要去說服周瑜投降。

周瑜心中有數，設宴款待，藉由以酒敘舊的情誼裝醉，還要求同榻而眠，設計蔣幹聽到周瑜刻意夢中放的假話、取走一封偽造的降書，陷害曹操兩位愛將蔡瑁、張允被斬首，中了周瑜「反間計」的蔣幹，導致曹操赤壁之戰大敗。

「君子之交淡如水」，所謂的「益友」，很少是從「密友」開始的。

後來蔣幹還不只一次中計，留下千古「白目」的負評。但是，似乎所有的歷史典故，都沒有教會我們：如何在一開始，就判定對方是損友？

其實當人生經驗不夠豐富時，很難一開始就從對方身上判斷他到底是否具備「益友」或「損友」的特質；這時候不妨倒過來，檢測自己和對方交往的態度，或是由彼此互動時是否有特別的企圖心、不良的動機、不該有的貪念，也就是所謂的「別有居心」，來判斷你們的感情會不會從密友會變成損友。

以下條列幾種容易由密友會變成損友的態度，提供自我檢測：

◎你的內心很孤獨，固定向同一個人傾訴。除了他以外，你再沒有其他的好朋友。

◎你和他的友誼，已經超過私人的界線，甚至公私不分。他可以暢通無阻地進入你的私人領域，包括：個人房間、辦公室，無須任何人首肯。

◎你讓他知道你所有的秘密，與他分享所有個人的事。例如：日記、電腦網路密碼、銀行帳號及提款密碼、與情人之間親密或私密的行為。

◎你經常一面倒地向他提及，你的伴侶有多麼好、或多麼不好，說你有多麼幸福、或多麼不幸。當他習慣毫無理由的嫉妒或悲憫時，潛藏的報復行動將隨時展開。

◎你和他有緊密的金錢往來，彼此之間的友誼，幾乎就是建立在錢財的互通有無上。

◎你和他完全沒有共同興趣，除了賭錢或色情，毫無共同話題。

◎相對地，你無法以「複製模式」用上述的方式和他互動交往。你不認識對方的其他朋友、不能進出他的私人領域、不知道他的秘密、不熟悉他的伴侶、不知道他真正的興趣……

以上條列的七種檢測標準，十分靈驗。如果你的答案多數都是「YES」，那麼，你目前結交的這位密友，百分之百是損友。他不見得會偷拍你的私人生活秘密，做為傷害你的手段，但是他絕對不會對你的人生有任何正面的幫助，你們之間的友誼，也很難長久。

所謂的「益友」，很少是從「密友」開始的，也許真是印證「君子之交淡如水」這句話。和「益友」交往，沒有什麼太甜蜜、太親暱的感覺，甚至有時還會被對方不夠圓融的措詞而感到受傷；但時間久了，彼此了解，才會發現對方一切都是出於善意，逐漸建立起信賴的感情，一生都能互相勉勵。在患難的時候，尤其能見真情。

感情結束，雖不必勉強雙方繼續當好朋友，但也千萬不要變成互相傷害的仇人。

感情的交往，也是如此。一開始就很會說甜言蜜語、但實際上沒有任何打造幸福行動的這種情人，其實並不十分可靠。

如何判斷你的情人將來會不會變成仇人？

以下也有七種指標，提供自我檢測。

◎你和他約會，只有吃喝玩樂，才會感到快樂。說到別的事情，就常會吵架。

◎你和他相聚時的每一刻，無比快樂。談及未來的計畫時，就感到心虛、不踏實。

◎你和他有金錢的往來，能互通有無，卻連帳都記不清楚。

◎你和他的性愛活動頻繁，除了這件事，彼此沒有什麼值得肯定對方價值的事。

◎你和他其中有一方不忠實，背地裡有發展其他感情的可能。

◎你和他曾不只一次批評對方家人、各自的好友或同事。並且，經常傷及對方自尊。

◎你和他很少能理性地就事論事，一切好惡的判斷都十分意氣用事。

以上七種指標，是情人分手之後很難善了的原因。交往的過程中若糾纏太多愛恨情仇，就算分手的當時能理性結束，事後都可能難以善罷甘休。只要其中有一方的健康、感情、或事業不如人意，萬念俱灰之下，想起來就會反目成仇、舊帳重算。

感情結束，雖不必勉強雙方繼續當朋友，但也千萬不要變成互相傷害的仇人。尤其，愛過愈深，愈知道對方的要害在哪裡，有心復仇的話，傷得愈重。相愛的時候，就要認清這些會導致情人變成仇人的特質，才不會「愛過之後方知『情重』！」——災情慘重啊！

當我們在互相提醒如何避免「密友會變成損友、情人會變成仇人」時，立意並非告訴大家：「人，都是不可信賴的。」反而是希望一起勉勵：必須更清楚認識人性，才能信賴別人。交朋友、談戀愛，投入真心之前，先認清楚對象最重要，不是嗎？

友誼的糖衣裡，包的不一定是毒藥，但吃多了還是會蛀牙。甜蜜，並非全是壞事；平淡，卻是超凡品味。

想念要適可而止，情感才能流至該去的方向

「教我如何不想他？」這句話，
有時宣示著熱戀的驕傲，有時訴說著失戀的蒼涼。
愛情，的確很重要，但它絕對非生命的全部，
不要讓愛情成為生活唯一的重心。

暗戀她，好長一段時間了。始終，只能偷偷看著她，從這把傘、走到那把傘下。愛情，在她的世界裡來來去去。儘管知道她的心不只一次為別人而破碎，也只能站在朋友的立場鼓勵她、安慰她。

那天，和一群朋友去KTV唱歌，她握著麥克風，深情地唱著一首流傳很久的情歌，歌詞中有一句：「你不是我最好的朋友，為何陪我最長最久？」她的眼光不經意地像一朵雲般地飄來，卻在他的心底化成一陣雨，落成感傷的眼淚。

歡唱結束，他沿途送幾個朋友回家。她是最後下車的一個，小小的車廂如同城市的夜空，既喧鬧又寂寞。很不容易地，終於鼓起勇氣向她表白：「我們有沒有機會發展成更進一步的朋友？」

因為需要駕車的緣故，他滴酒未沾；所以，她清楚地知道，他說的不是醉話。連藉酒壯膽都不必，可見他認真的程度。

她不想辜負他的認真，只好辜負他的感情。她誠懇地對他說：「其實，我們一直保持像現在這樣不是很好嗎？再進一步，便沒有退路。」

他明白，這很顯然是拒絕的表示。看著她下車，走向她的寓所。門一關，留下無盡的惆悵落寞。

像往常一樣，回到自己住的地方，瀟灑地脫去所有的衣物，進浴室沖涼，以為嘩啦啦的水柱可以洗去什麼，但是，他發現自己錯了。做出愛的表白之後，心情卻沒有因此而更加輕鬆。即使被她拒絕，並不是意外的結果，但沒想到失落的情緒如此難以承受。

午夜，他打電話給我。低沉的嗓音透露著心慌，像迷失在山谷中的旅人。他詳細陳述了這些年來與她之間的點點滴滴，也慨然承認當天主動示愛卻不被接納的結果。但她的影像仍縈繞在他失眠的腦海，揮之不去。最後，他如同乞討般地向我索求一個可以解脫的辦法，他說：「教我如何不想她？」

單戀，在一個人心中所消耗的能量，超過在現實生活中能夠真正互動的兩個人所投注的熱情。

難啊，我知道這太難了。不知情的人，總以為：「別想那麼多！反正你們還沒正式談戀愛，沒有真正投入很深的感情，犯不著那麼難過，是吧！」

但是，從他的細訴中，我知道他對她付出的真心，絕不比那些談十年戀愛的情人還少，甚至還要更多。單戀，在一個人心中所消耗的能量，往往超過了在現實生活中能夠真正互動的兩個人所投注的熱情。

當她清楚地表示拒絕的態度之後，雖能夠面對現實的他，還是無法很快地從自己經營多年的情境中抽離。她那美好的影像，投射在他破碎的心上，更顯得幻化無常，難捨難棄。

沒有真正開始談戀愛，就如此難以獨自面對真實的人生；那些熱戀多年之後，被對方直接宣告分手的失戀者，心中的痛苦，就更加不言而喻了。

以下是另一個女孩的故事。

和他正式交往四年多，每一個日子過得都像初戀那般甜美。每天早晨接她上學，帶來經常變換新口味的早點；每天夜裡電話熱線，聊到天荒地老也不覺得累。

後來，他入伍服役、退伍回來，親朋好友口中經常警告的「兵變」，對這對戀人來說，根本是不可能發生的笑話一件。

他的工作發展很順利，雖是社會新鮮人，卻得到主管的重視。慢慢地，加班的次數多了，沒有辦法像從前一樣每天接送她。為了表示體貼的心意，她從不埋怨。兩人的相處，一直都是歡天喜地。

朋友們開始催促：「這麼多年，應該穩定下來了，什麼時候請我們喝喜酒？」

她正準備和他商量的那個夜裡，他約她吃晚飯。就在她最喜歡的那家餐廳、最熟悉的靠窗位置，他突然說：「我覺得我們不合適，再加上我最近很忙，分開一陣子，雙方冷靜一下再說。」

個性向來逆來順受的她，經過一段時間的沉默，任淚水不停落下，將心中的委屈在他面前奔流。還算有點良知吧，他終於承認：「我們之間的確有了第三者。相處半年多了，她是我想要的類型。」

說好會冷靜處理自己的感情，答應會祝福他們有美好的未來。但回家之後，她傷心不已，對未來的生活感到手足無措。

痛苦的情緒維持了將近半年之久，因為長期失眠而必須向精神科醫生求助。服用放鬆心情的藥劑，她不像幾個月前那麼焦慮了，但和多時不見的好友重聚時，依然承認自己根本忘不了他。

不要讓愛情超越了它在生命中該有的分量，否則會讓一個人的生活失去正常的平衡。

「教我如何不想他？」這句話，有時候宣示著熱戀的驕傲，有時候訴說著失戀的蒼涼。

對於熱戀中的人來說，相思是美麗的情緒。儘管，見不著面，只能想念的時候，有點酸酸的滋味。相思，卻可以漸漸發酵成為甘醇的好酒，讓兩個人如癡如醉。但是，對於和這份愛情無緣的人而言，「教我如何不想他？」變成真正求助的訊號，恨不能世間真有所謂的「忘憂草」，不再對逝去的情感牽牽掛掛。

根據我個人的經驗，無論在什麼狀態之下，「教我如何不想他？」都不是一句健康的話。

愛情，的確很重要，但它絕對不是生命的全部。不要讓愛情成為生活唯一的重心。一旦「教我如何不想他？」成為令人困擾的問句，表示愛情已經超越了它在生命中該有的分量，讓一個人的生活失去平衡。

如果，這個人正在熱戀中，他的伴侶可能已經快要被追得喘不過氣來了。如果，這個人處於剛失戀狀態，他勢必已經被自己想像的負面情緒，壓得快活不下去啦。

「教我如何不想他？」這個問題，很難有正確解答。因為它充滿糾結的情緒，不是邏輯可以解析的。若想要避免自己陷入「教我如何不想他？」的苦惱，應該要在動情之前先有自己的想法，做好下列幾項心理上的感情基礎建設：

人生，除了愛情，還要友情。

儘管，戀愛是兩個人之間的事；沒有人能幫你談好它。但是，生活中除了戀愛的對象之外，還必須要有幾個知心朋友。一個人絕不可能每天二十四小時都在談情說愛，沒有約會的時候，還是需要朋友的陪伴，分享生活的點點滴滴。

有些人常在戀愛時表現出一副「重色輕友」的樣子，讓同儕之間大嘆「只羡鴛鴦不羡仙」。愛情，很容易令人不由自主地虛榮起來；但是，再華麗的貂皮大衣也不能每天披在身上，展示過就夠了，千萬不要作秀過頭。

如果，你真的因為熱戀而失去朋友，這場戀愛將談得十分寂寞。萬一將來面臨分手，失去愛情的你，將發現一無所有，只能用剩餘的時光來緬懷舊情，深夜抱著棉被哭喊：「教我如何不想他？」多麼淒涼。

愈是熱戀的時候，愈要記得用友情來平衡生活的重心，才不會讓愛情因為沉重而傾塌，最後把整個人生壓垮，毀了自己，也滅了愛情的熊熊火焰。

堅持到底。真的，到底就好，不要過了頭。

在愛情或婚姻裡，願意抱持「堅持到底」的信念，是一種美德。非君莫屬，是很有決心的承諾。但是，它的前提是兩心相許，而不是一廂情願。感情的世界裡，所有一廂情願的追求，到頭來都絕對會變成一廂情「怨」。

當愛情離開、或婚姻結束時，還苦苦說：「我這一生就是只認定你一個人。」很顯然地，只是為難自己。非但不感人，還會很煩人。

堅持到底。我很佩服這四個字所代表的精神。但是，以現代人的眼光來解釋，「堅持」是一種很重要的努力；「到底」則是另一種不可或缺的智慧。

下決心堅持之前，要先設定「底限」在哪裡，不要讓努力超過所能負荷的底限。寧願及時在一段沒有未來的感情上認賠了結，才有機會在另一段可能幸福長久的戀愛裡東山再起。

愛情，沒有輸贏。

離開一段感情時，很多傷心人吐露的苦水中，都不約而同地埋怨：「我付出那麼多，他怎麼可以這樣對我？」「被第三者介入，我真的很不甘心。」這些話的語意裡，多少透露著難以算計的榮辱。

斤斤計較的大多是別人的看法，並非自己的感情。表面上是想他、念他，其實是輸不起，面子掛不住。愛情，沒有輸贏。讓一個不適合自己的人早些離開身邊，未嘗不是一次幸福的決定。他不再耽誤你，你也別再想著他。

放下計較輸贏的武裝，你才能柔順地面對自己，以及新的人生。

其實並沒那麼嚴重。

「沒有他，我就活不下去了！」這句話，說的人愈是淒涼，聽的人愈覺得愚蠢。當愛情如花開落，地球依舊規律運轉。傷心，是一回事；生活，卻必須繼續。能真正讓你活不下去的，是不爭氣的自己，而不是辜負你的那個人。

年輕的時候，很多人都曾犯過這種錯，一旦失戀就以為「沒有他，我就活不下去了！」事過境遷之後，所有傷過心的人都可以證明：事情並沒有那麼嚴重。

千萬不要做傻事，傷害自己的身體，不但無法將感情挽回，還會造成更大的遺憾。在感情的路上摔了跤，確實很痛；但要賴是沒有用的，必須靠自己爬起來、走出去。除此之外，沒有別的辦法。

「教我如何不想他？」若要不想他，得先有想法。建立全面關照人生的想法，就可以不再失魂落魄地想著不該想、也不必想的他。有了這些心理準備，「教我如何不想他？」就不再會是苦惱。

想、或不想，愛、或不愛，都可以自由自在。

會讓人困惑、痛苦的感情，都是有些體質不合的問題。
先學會放下對感情的執著；才能掙脫困惑與痛苦的糾纏。

雪花的快樂，是知道安頓的所在

人的一生，若不懂得離別，
怎能明瞭愛情的可貴？
若不學會放手，怎能知道：
微笑、和眼淚，都是幸福的滋味啊！

那一年，我們相約去看雪。

高中三年級寒假的教室裡，零零落落坐著幾位每天按例到學校溫習功課的同學。大學入學考試的日期，在黑板上逐天遞減的數字中漸漸逼近。而天氣，愈來愈冷。那時候，地球的溫室效應還不明顯，冬天的寒氣徹骨，險將翻閱書本的手指凍成冰。

農曆年過後某一天，氣象報告說：「這兩天北部山區將降下大雪。」

消息在午休時間傳開，同學們說要相約去看雪。只要一發布下雪的消息，便要放自己半天假，到山上看雪。

到校溫習功課的幾位同學之間有不成文的規定，算是默契——除了中午吃便當的時間，彼此不在教室內交談，以免一開口談話，聊天說地不可收拾，不僅影響自己複習的進度，也打擾別人讀書的氣氛。

看雪的約定，顯然挑動每一個人最末梢的神經。下午的教室裡，瀰漫著蠢蠢欲動的氣息。同學們走動的次數增加了，藉著上廁所及到飲水機喝水的機會，紓解內心的壓抑。

大約三點半，一位同學的家長駕車來學校，說山上已經瑞雪飄飛，要帶同學去賞雪。由於客貨兩用的箱型車座位有限，不能全數成行，幾位興致高昂、手腳又快的同學，立刻收拾好書包，一溜煙地上了車。

我和其他兩、三位同學，成了他們一群人的遺珠之憾，心底感到些許惆悵，但也沒有想像中那麼落寞。至少，我們很快地度過在「功課重要」、還是「放縱一下無妨」之間掙扎的兩難。浮動的心情，隨著冬季提早降臨的夜幕漸漸沉澱下來。

通常，傍晚六點半左右，我們會相偕出去張羅晚餐。在那個刻苦的年代，一塊蔥麵包或一個加蛋的饅頭，足可打發一餐。有時，我們會混進附近一所大學的法商學院校區裡，很「揮霍地」吃一頓自助餐，大約是三個蔥麵包的價錢，換來色、香、味俱全的三菜一湯。

為了彌補沒有去賞雪的心理損失，獎勵自己多用功了一下午的刻苦精神，幾個人決定冒著被管理員識破之後給轟出去的危險，「潛入」大學校區吃自助餐。膽戰心驚地穿越管理員的崗哨，我們成功地享用了一頓比尋常日子豐盛許多的晚餐。

回到燈火通明的教室，每個人的桌上多了一塊巧克力糖和一包像「ㄘㄨㄚˋ冰」一般的白雪。原來，那批上山看雪的同學回來過了，大概是玩心太重，已經無法繼續待下來唸書，只是很有良知地留下他們的心意。那是一顆很特別的巧克力糖，形狀如一顆放大的水滴，咬破巧克力的外殼之後，流出的汁液，竟是暖人心肺的水酒。而那一包白雪，就顯得平凡多了，簡直就是一包溶化了的刨冰而已。

對於生平第一次看到的白雪，沒有好奇、失去想像，彷彿它不是從天上掉下來的，只是從冰庫裡搬出來的。唯一的感動，是朋友的心意。

看著一朵一朵白色的雪花，飄進無聲的世界。雪花飄落的過程，如電影的停格，留住了永恆的幸福。

再看到雪的時候，完全是意外。

事隔多年以後的一個冬天，我已經是服完兵役、踏入社會工作的上班族了，每週固定帶著水彩出去寫生。清晨的陽明山，天氣不是很好，陰沉濕冷。特別選購的英國水彩紙，很容易吸收水氣，彩筆隨便一揮，都變成潑墨。那時候的我，對水分及顏料的控制，還不夠純熟，任它們自由自在地滲透進入紙張的纖維裡，交織成為煙霧迷離的畫面。

收拾好畫具，等著乘車離開。沒有帶傘的我，從臉上逐漸布滿細微的水滴中，感覺快要下雨了。直到看見灰色的外套，沾上一點一點白色的結晶，才驚訝地發現，這些水滴就是在我生命中傳說已久的細雪。

終於，我看見雪花飄落的過程。如電影的停格，留住了永恆的幸福。

我雀躍地仰望天空，看著一朵一朵白色的雪花飄進無聲的世界。在那個青春尚早、容易為任何小事感動的年紀，閉上雙眼任憑每一朵雪花親吻著我的臉頰、謝落在我的衣襟，心中想起的是高三那年的冬季傍晚，桌上的巧克力酒糖，和一袋由友誼包裝的特選白雪。

多麼想要將此情此景，分享給當年在寒窗下為應付大學入學考試而苦讀的戰友們，無奈同學之間並非經常聯繫，出國的出國、搬家的搬家，沒有幾年的工夫，舊遊零散已盡。只能將幸福的感覺，在心底壓製成一張青春的書籤，夾進歲月的扉頁，留給記憶去一一翻閱。

書到用時方恨少。朋友，也是要到你想分享美好的記憶時才會覺得缺乏啊！

感情的事件中，
沒有什麼事可以用「應該」或「不應該」來釐清的。

某年的聖誕節前夕，我飛往加拿大多倫多旅行。在機場，看到電視牆上的新聞節目，聽說上週才下過一場大雪，這週天氣好轉，下雪的機會不多。

來接機的朋友，知道我此行目的之一，是想親身經歷大雪紛飛的美景。他遺憾地說：「來得不巧。雪剛停呢！不過，我們可不喜歡下大雪，很不方便的。」

當晚借住朋友家中，和他們一起度過充滿異國風情的聖誕夜。席間，結識一位長髮披肩、氣質脫俗的女孩。她帶來一隻很大的火雞，在廚房裡忙進忙出。除了用心料理燒烤的火雞之外，還打算拿火雞骨頭熬湯。

朋友介紹時說，她來自香港，跳過芭蕾舞。難怪一身修長的她，舉止都是韻律。連在廚房做羹湯，也優雅得不像個家庭主婦。

晚餐結束，我們在後院聊天，一邊烤火取暖，一邊看著松鼠嬉戲。她不斷撥按手機，眼神充滿憂傷：「我的確不是一般的家庭主婦，因為我愛上的是有婦之夫。這幾年來，我一直和另一個女人，分享一個丈夫。」她說，和他有些爭執，已經兩週沒有聯絡，萬萬沒想到他會讓她一個人過聖誕節。

直到凌晨兩點，對方依然音訊全無。朋友見她心情不好，留她一宿。她猶豫一會兒，最後仍堅持要開車回去。

翌日清晨七點，她打電話來報平安，要我們別擔心她。掛線之前，她要求和我通話：「你寫了這麼多小說，看盡紅塵男女，我該不該離開他？」

這是多麼艱難的問題。感情的事件中，沒有什麼事可以用「應該」或「不應該」來釐清的。就算可以在問題的後面，填上標準的解答；實際上，能不能做得到，又是另當別論。

她知道我將自行前往尼加拉瀑布，主動提議由她開車載送我去，當天來回。卻之不恭的我，領受了這份好意。

幾個鐘頭以後，當我們一起站在冰封的岸邊，看見瀑布如萬箭齊發般傾洩，對身不由己的感情，都有了深刻的體會——當理智的力量無法凍結情緒的奔飛，急急墜落萬丈深淵、粉身碎骨換來的，卻是無盡的孤獨啊！

離開多倫多那天清晨，才開始下大雪。我在機場的候機室裡，第一次看見大雪紛飛的景象。興奮與浪漫中，不乏戒慎恐懼。

我掛念著她，以及所有衷心信仰愛情、卻不知情歸何處的朋友。

雪花，是快樂的嗎？在徐志摩的新詩裡，雪花是快樂的。因為它飄落在它自己要去的方向裡。

相識後的第二個春天，她特別飛抵台北，為的只是和我見面聊聊。我本來應該在百忙中請半天假陪她，事先問問是否需要將台北近郊各處值得參觀的景點列出，讓她選擇想去哪走走。但那一陣子，實在忙到不可開交，似乎只能有一杯咖啡的時間聊聊。有默契的是，她說她哪裡也不想去。

「我來台北，就真的只是想跟你聊聊。」她堅定地說。

於是，我們坐在春天的公園裡，以一杯咖啡的時光，聽她將這一段不倫之戀中的痛苦與傷心，說了一遍又一遍。她飛越千山萬水，不為良辰美景，只為了找一個能聽懂的朋友，分享她在一段無法落實的感情裡，所有的愛怨悲歡。

而我，也曾經不遠千里地想去看雪，無非就是想重拾年少時天真歲月裡無知的喜悅。雪花，是快樂的嗎？在徐志摩的新詩裡，雪花是快樂的。因為它飄落在它自己要去的方向裡。高中時期那個不快樂的我，怎能明瞭雪花的快樂呢？如今，識遍愁滋味，方才懂得了雪花的快樂。

輕盈的雪花，飄啊飄，從天而降。相逢的一刻，愈現光華。人的一生，若不懂得離別，怎能明瞭愛情的可貴？若不學會放手，怎能知道：微笑、和眼淚，都是幸福的滋味啊！

另一個春天來臨之前，獨自旅行到巴黎，清晨在下雪的窗邊，我寫了這首歌詞「春雪」——

冬天走了　春天來了　感情不曾融解
寒風猶在　花還不開　有誰能夠體會
剩下美夢破碎的殘缺　我已經沒感覺

讓結冰的愛凍成雪　封鎖回憶不分季節

原來以為　多年以後　應該忘了一切
情緣已滅　未完的痛　依然還在心扉
寫給遠方空白明信片　向舊情說再會
怕往事又再提醒我　這一生最愛的是誰

總在春天清晨忽然飄來一場細雪
那是堆積多年忍在心中沒流的淚
總在春天清晨忽然想起那場離別
悲傷的雪　冰冷的淚　總在春天清晨亂飄飛

總在春天清晨忽然飄來一場細雪

那是分手時候不願讓你看見的淚
總在春天清晨忽然想起那場離別
沒流的淚　冰成了雪　總在春天清晨漫天飛……

後來這首歌被華語歌壇很有名的歌手孟庭葦收錄在專輯裡，每當我從YouTube影音平台，再度聽起這首歌，彷彿隨時可以看見快樂的雪花，在四周飄舞。緣起緣滅、聚散合離，成長歲月中，最大的幸福感之一，是學會讓憂傷漸漸遠離，用平靜的心，微笑看待雪花的開落。

一起來聽聽
春雪吧！

在悲歡中，
發現謙卑的力量

人生難得有「悲欣交集」的體會，
真誠的歡笑和痛快的眼淚，都能證明我們活得真切。

真正的慈悲，沒有敵人，也沒有傲慢

當你心中產生對方是「弱勢」的同情時，你已經在心裡為自己貼上「強勢」的標籤。若在傳遞慈悲的過程中，忘了保留謙卑，就會不知不覺流露出傲慢的姿態。

受邀參加某個推廣善念的團體舉辦的短期營隊，他代表主辦單位非常熱心地對我說：「這是特別針對少數企業領袖所舉辦的活動，你一定要來。」聽到這樣「限量」的邀請，彷彿像是一種「入圍就是榮幸」。

正準備查看行程表以確認時間是否能夠配合時，對方又說了：「聽說你的演講很精采，讓你報名之前，先答應來幫我們社區免費講一場演講吧！」

很不巧的是，他提出營隊和演講的兩個時間，我都正好有事，只好忍痛放棄這個機會。

我的一位客戶，是大型企業的高階主管，幾乎和我同一時間也受邀參加了那場專為少數企業領袖所舉辦的活動。事隔兩個月之後，跟我分享他的心得：「真巧，參加之前，我不知道他們會邀請你，否則我們就可以當同梯的同學了。活動結束後，我非常感動。立刻捐些錢給他們。」

雖然他的確為善不欲人知，沒有透露捐出多少金額，但從側面了解，他捐了不少錢。他的太太比較理性，認為這是行銷的一種方式，鎖定財力雄厚的企業家，以柔性的方式勸募。她支持丈夫助人為善的動機，但卻希望保持理性，知道自己在做什麼，而不是很抽象的感動而已。

我很佩服他的夫人——在理性中保持熱情，在熱情中不失理性。這是目前社會很欠缺的平衡。

慈悲，是無私的奉獻。但若處理不好，也可能變得危險。其中最可怕的是：慈悲，在不知不覺中變成傲慢。

每當發生重大天災人禍，像是大地震、大水災時，往往可以看到各個媒體大動作炒新聞，甚至藉機誇大報導，而且利用閱聽大眾缺乏「媒體素養」的弱點，搧風點火。很可能在幾秒鐘之前，播出不同政黨嚴厲批判對方的畫面；幾秒鐘之後，又刻意以感傷濫情的手法，粗暴地直擊受災戶驚魂未定的情緒。

簡單而言，媒體試圖以兩手策略，換取收視率，而忽略對民眾心靈的創傷，看了令人難過。

即使處理企業巨額捐款、或民間善心人士小額捐輸，媒體也必須謹慎以待。否則很容易引起不必要的比較、或繼續在災民的傷口上灑鹽。尤其這是一個「自媒體」盛行的時代，拿起手機直播，人人都可能在一夕之間爆紅，導致假新聞也能在一夜之間，就扭曲了社會大眾的意見與看法，讓政治、商業、公益混淆在一起，「善心義舉」與「自我吹噓」的界線愈來愈模糊。傳統觀念是「為善不欲人知」；而現在有些人則是捐了錢就敲鑼打鼓，惟恐天下不知。

在我看來，無論是「為善不欲人知」、或「惟恐天下不知」，並沒有絕對的是非對錯，只要捐出去的錢，確實幫助到需要的人，其他有關捐款的金額大小、與宣傳方式，都是個人的選擇，無可厚非。然而，真正的慈悲，是一種無私的奉獻。但如果處理不好，慈悲也可能變得很危險。

很多詐騙集團，常利用人的慈悲心騙錢，找工讀生以「為弱勢團體募款」之名，進行義賣，再把錢都放進老闆口袋，這是手段很低劣的一種。還有一些偽善的人，裹著宗教的外衣，劫財騙色，這種層出不窮的社會事件，也很惡劣。

最可怕的是，從頭到尾都偽裝高尚的慈悲，甚至連自己都騙過自己，卻渾然不知，他們的慈悲已經變成傲慢。

家父往生不久，正值農曆七月，許多寺院都會舉辦法會，為往生者超渡、為在生者祈福。我打電話向不同的民間道場洽詢，得到的答覆都是「以價論位」，祖先牌位大小、安置牌位和念經祈福的位置，完全按照捐款的金額大小排定。自由樂捐叫做「隨喜」，位置就靠在佛堂的邊緣或後面。

由於是第一次參加，我按照規矩捐了一些金額介於「發乎情、止乎禮」的錢。後來，親友間有一位長輩熱心引薦，被安排到一個還算前排的位置。禮佛跪拜時，旁邊的人低聲告訴我：「前面這幾排，都是定額捐數十萬的VIP。」我突然感到愧疚，為了自己以額度不高的捐款得到佔盡便宜的位置，覺得很不好意思，也為了那些擠在最後那幾排連小墊子都得自備、但仍誠心參拜的人們而感到心疼。

當年的我，並不習慣這些活動的進行方式；直到最近幾年，累積了一點見識、心態成熟很多，才漸漸了解也接受這個事實：民間團體為了長久經營，規劃這些行銷方案，也算是一種「入境隨俗」。

眾生可以依照自己的經濟能力參與奉獻，也能隨順自己的心意參加活動，只要發乎真誠，不論金額大小，位置在哪，神都是慈悲的。如果你相信「佛光普照」，再遠的位置、再偏的角落，都能得到神的加持與祝福。

慈悲，讓人放棄對別人的心防，同時也放棄自己該有的分寸。
慈悲，幫助某些人獲得權力，但權力必然帶來腐化。

即使後來因為參加公益活動的機會，我也接觸過某些推廣宗教的民間團體，幾個重要的幹部做事明爭暗鬥，明明就是私心很重，還說自己是一心為了「師父」。

我以義務的方式，略盡棉薄之力。過程中，因為對方準備不周或經驗不夠，出了很多原來可以避免的錯。事後，他們主動來電道歉。

其實我一點都沒有放在心上，但工作人員為規避責任而把所有錯誤都推託給協力廠商的說辭，卻讓我因此更能體會到慈悲的真諦。

當能力不足時，空有慈悲，也很容易變成傲慢，反而壞事。若有慈悲心，但能力或經驗不夠，可以委託真正能夠勝任的人來主導，不必一定要自己強出頭。

也有一些參加宗教團體活動的「義工」，為人真的是非常熱心，也很精明幹練，這些都不是壞事。基於善心善念，為眾生服務，都是值得肯定與感恩的。但比較特別的是，只要「師父」出現的場合，就會故作天真可愛的無辜狀，跟平日的言行與作為，判若兩人。

剛開始發現這些奇特現象時，我實在難以想像這些大師究竟是怎麼了，難道是因為被信眾包圍住，看不見小丑跳樑的醜態？後來才明白：有時候，這可能是慈悲的盲點；但更多時候，是大師其實早已看清楚真相，不跟大家計較。反而是我們這些自以為觀察敏銳、但執念很深的人，在旁邊自以為是地瞎操心、下評論。

後來我常警惕自己、也奉勸親友，若要修行自己，一定要找「正信」的道場，判斷的標準其實很簡單，正信佛教的教義，講求「依法不依人」，重視的是佛學的義理，而不是鼓勵民眾把「師父」當作是神。

有些民間信仰的團體，就是利用民眾的慈悲，進行近似詐騙的洗腦，失去真正的宗教精神。

表面上眼睛所見的慈悲，讓原本善良的人放棄對別人的心防；卻也讓強勢的一方忽略自己該有的分寸。以「慈悲」之名，達到私人目的。這些並非真正的慈悲，某些人若因它而獲得權力，但很不幸地，權力必然帶來腐化。

堪稱經典之作的著名小說《權力的滋味》，以一個近乎真實的故事詮釋了英國歷史學家阿克頓（Lord Acton）的名言：「權力使人腐化，絕對的權力使人絕對地腐化。」日本基督徒矢內原忠雄也說：「世上沒有什麼東西比宗教更深奧，同時也沒有什麼像宗教那麼容易腐敗；然而，深奧的東西腐化的時候，它的惡臭是最難聞的。」

當權力披上慈悲的外衣而一起腐化，它的惡臭卻很難在一時之間被聞得出來。於是，發出臭味的人和聞到氣味的人，都在互相適應的過程中，逐漸忘卻當初慈悲的動機和獲取權力的目的——原是用來幫助別人，沒想到後來竟變成自我實現的工具。

在政治界，最容易看到從慈悲轉變成傲慢的事例。一個為理想而奮鬥的政治家，擁有的是慈悲的胸懷；但自從享有權力之後，就淪為高舉理想招牌、但實則保護私人利益的政客，慈悲只是用來掩飾傲慢的盾牌。

台灣經過幾次政黨輪替之後，雖然民主的觀念與參與，傾向於愈來愈自由，但若沒有以「同理」與「尊重」為前提，只剩情緒的對立，而沒有情感的對話，就與真正的慈悲愈來愈分離。在職場裡，這樣的例子也屢見不鮮。很多高階主管成功之後，就以為自己是神，即使是以慈悲的出發點做了正確的決策，也因為那股霸氣而令人不敢恭維。某些被信眾奉為神的宗教領袖不也如此？他們在傳遞慈悲的過程中，忘了保留謙卑，就會不知不覺流露出傲慢的姿態。

奉獻自我，並不是為了與神更加接近，要時刻記得自我的渺小，唯有真正做到以蒼生為念，慈悲才會有真正恆久而厚實的力量。

慈悲，不能只是存有心念，還要表現於一貫的行為與態度，關鍵就在於內心深處除了慈悲之外，是否還存有謙卑。《禮記．檀弓下》有一段記載：齊國鬧飢荒時，黔敖準備食物在路邊準備布施，但態度不夠友善，有個餓了很久的人，寧可餓死也不肯接受，他說：「我不吃嗟來之食！」最後終於餓死了。

這個悲劇，可以用來提醒那些每天呼籲別人做善事、或自己想行善的人：奉獻自我，並不是為了與神更加接近，要時刻記得自我的渺小，唯有真正做到以蒼生為念，慈悲才會有真正恆久而厚實的力量。

《大般涅槃經》中的一段經文：「慈有三緣，一緣眾生，二緣於法，三則無緣……眾生緣者，緣於五陰願與其樂，是名眾生緣。法緣者，緣於眾生所須之物而施與之，是名法緣。無緣者緣於如來，是名無緣。慈者多緣貧窮眾生。如來大師永離貧窮受第一樂。若緣眾生則不緣佛。法亦如是。以是義故，緣如來者名曰無緣。世尊！慈之所緣一切眾生，如父母、妻子、親屬，以是義故，名曰眾生緣。法緣者不見父母、妻子、親屬，見一切法皆從緣生，是名法緣。無緣者不住法相及眾生相，是名無緣。」

大意是說，「無緣」有兩個含意：一個是以「如來」為緣，另一個是指緣沒有法相的限定。所謂的「無緣慈悲」，就是超越了慈悲本身，也超越道德動機和目的，完全摒除「布施」是「慈悲」行為的意識，所以沒有「施者」「受惠者」「布施物」的分別，才能夠真正徹底去除慈悲的傲慢。

這樣的慈悲，固然是大乘佛教慈悲觀念的最高境界，也是目前我們這個社會很需要的文明。不論是在路上以舉手之勞幫助一個陌生人、或在辦公室裡對一位同事伸出援手，甚至是響應某些宗教團體倡導的善心義舉去扶助需要幫忙的人，都可以是「無緣慈悲」。重點不在於你是不是用「無名氏」的頭銜行善，而是你的心對行善的對象或目的，已經沒有喜好的分別。

當你對所謂「需要幫助的人」，存在有對方是「弱勢」者的同情時，你已經在心裡為自己貼上「強勢」的標籤。我們必須學會放下這些概念，真心地付出自己，將自己和需要幫助的人融合在一起，慈悲才得以掙脫傲慢的姿勢，單純而集中地展現本身的能量。

幾年前，《商業周刊》大幅報導「等待鳳梨長大」的小孩。主角是一位住在南投鄉下的孩童小如，家境清寒，要等鳳梨收成，才有錢上學。許多讀者看了這篇報導後，熱淚盈眶，主動表示要捐錢給她，但家長並不領情。直到大型量販店採購經理專程南下拜訪，想出了好點子，以大賣場為直接通路，協助他們把家裡收成後因推銷困難而囤積過多的兩萬斤山藥出清存貨，終於讓六歲的小如完成可以上學的心願。

這個實例之所以感人，在於它和一般的公益或救濟大不相同。其中所有的善念，都站在同一個立足點，以經濟學的「供需原理」巧妙地達到平衡。不只是商業機制的平衡，也是愛心和自尊的平衡。慈悲，在這裡沒有任何傲慢的氣焰，反而多了禮貌、關心、和難得一見的創意。

當年看到電視新聞報導，小如平安上學去的模樣，我也看見沒有傲慢的慈悲，在這塊土地上微微發光。

不知道長大後的小如，現在過得如何？但我始終相信，曾經接受過別人幫助的孩子，將來會有更多的同理、體貼、勇氣與能力，對其他需要幫助的人伸出援手。

隨著時光推移，這個案例，逐漸成為一個公益的模式。除了單方面金錢的贊助與捐輸，更考慮到對方的「自尊需求」與「能力發展」，而設計成可以兼顧「贊助」與「培植」的模式，也就是除了「給他魚、也教他釣魚」的概念，不只解決眼前的問題、也照顧將來的需要。讓真正的慈悲，得以從現在，延展到未來。

真正的慈悲，是願意奉獻自己、成全別人的精神。而不是企圖藉由奉獻心力的過程，達到自我實現的目標。

輯三

保有彈性，讓人生擁有更多選擇。

彈性，不只重要、而且必要

如果不能保持適當的彈性，
很可能讓自己到處碰壁，無路可走。
反之，擁有愈大的彈性，代表選擇性愈多、適應力愈強，
於是，發揮的空間就會更寬廣。

兩個人都各自忙了一陣子，好不容易有時間相約出去吃晚餐。他體貼地問她：「今天想吃什麼？」

平時個性表現得很柔順的她，並不特別堅持己見，通常的回答都是：「隨便

啊，都好啦！」

不過，這次卻有點不一樣。也許是很久沒有約會見面了，也許是今天有特別的食欲，她很努力地想了很久，並且認真地回答：「想吃小籠包，很有名的那一家！」

風塵僕僕地趕到名聞遐邇的小籠包店，卻見鐵門拉了下來，上面只有「今日公休」四個大字迎接他們。

難得提出自我主張的她，一時之間很難接受期待落空的結果，竟在瞬間變了臉色、嘴角翹得很高，悶不吭聲。

「怎麼啦？生氣啦？嗯，只要妳喜歡，改天我再請妳來吃嘛！別不開心了，好嗎？」

他很有耐心地安撫她的情緒，卻意外地激起她的反擊。

「還說呢！都是你啦，事先也不打聽清楚，害我們做了這麼愚蠢的事，大老遠跑來還撲了空。下次，下次，誰知道下次是什麼時候。你忙、我也忙，搞不好下次再來，它又公休！」說著，說著，她竟邊走邊哭了起來。

對於這樣劇烈的反應，他有點不知所措，但基於對她的感情，也不想破壞約會的氣氛，他仍然千方百計地設法讓她開心。「那我們去吃另外一家小籠包店，好嗎？」

「不要。」她斬釘截鐵地再說一次：「我就是不要。」甩頭一個人往前走。

很風度的他，立刻追了過去，但心裡面已經對她突如其來變得不可理喻的行為，有了難以磨滅的反感。

在這個多變的時代，保持彈性已經不再是重要與否的問題，而是從重要變成必要。

她的問題出在哪裡？可能是一時情緒不好，也可能是個性使然。約會時決定晚餐要吃什麼，對感情並沒有關鍵性的影響，但是在溝通時若失去分寸，就顯露出缺乏彈性的問題，形成僵局，將是兩個人日後交往的障礙。

我們的生活與工作，每天都充滿各式各樣的談判。有時候回答「要」，是指凡事可以再商量，不見得會被對方牽著鼻子走；但若不分青紅皂白一律說：「不要！」就等於關閉協商大門，毫無彈性可言。

彈性，很重要。保持彈性尤其重要，這是個老生常談的話題。如果不能保持適當的彈性，很可能讓自己到處碰壁，無路可走。反之，擁有愈大的彈性，代表選擇性愈多、適應力愈強；於是，發揮的空間就會更寬廣。

有一位新婚不久的年輕人，才剛加入公司幾個月而已，好不容易把家裡從南部搬遷到北部，一切安頓好之後，妻子也適應了新的居住環境，公司竟主動問他：「會不會介意調到國外工作？」

對其他同事而言，這是個大好機會。但是對他來說，需要顧慮的因素很多。一來，他才剛結婚；二來，北部的房子還是貸款買的，若為了追求工作上的挑戰就拋下這一切，實在很難向妻子及她的娘家交代。但若放棄了這個機會，他自己一定會覺得很懊悔。在內心掙扎幾天之後，他決定坦白告訴妻子，並且聽聽她的意見。

沒想到妻子不僅明理，思考事情也很周延，她說：「明知道若不接受挑戰，將來會後悔，就應該即時把握。再說，我們還這麼年輕，如果現在都缺乏彈性去適應多變的人生，以後怎麼面臨更多的問題呢？就把它當作我們鍛鍊彈性和適應能力的機會吧！」

根據美國人力資源市場的專家研究表示，在經濟不景氣的期間，很多資深工作者或高階白領主管，都很容易在一夜之間丟掉飯碗，至於他們能不能東山再起？關鍵就在於是否具備轉換不同工作及職務的彈性。

人們很容易因為年齡增加，而變得主觀，因此失去接受不同工作安排的彈性。現今許多大型企業公司，為了培養高階主管該有的寬闊視野，都盡量讓他們還在基層的時候，就開始輪調不同部門的工作。這時候，彈性是個必要的特質，如果抱持著「只能做這個，不適合做那個」的心態去工作，很快就會被職場淘汰。

彈性，動態地存在於每一個決策形成的過程中。策略定出來以後，再運用彈性去達成目標。

當然，新世代所需要的彈性，是指多準備幾個替代方案，而不是漫無原則。先決定自己要的是什麼，策略定出來以後，再運用彈性去達成目標。

趨勢大師波特（Michael E. Porter）在接受《天下雜誌》記者訪問時指出：保持彈性對企業來說，的確很重要，但是如果只有彈性而無策略，就沒有辦法發展出真正的「競爭優勢」。

競爭優勢來自企業的策略及方向的選擇。策略發展包括：決定你的客戶是誰？你提供的價值是什麼？但關鍵是，如何把彈性因素整合到企業的策略思考裡。波特認為：最重要的是清楚的策略定位，決定自己代表什麼，但仍不斷思考怎樣才能提供更好的服務給這些選定的客戶。所以必須在策略方向的選擇中，同時保持絕佳的彈性。

從他這番話中，很顯然地發現：彈性，是動態存在於每一個決策形成的過程中。它不僅是個特質、也不會只是個結果。

若缺乏這種彈性，企業和個人都將遭到極端限制性的瓶頸。

很多人之所以排斥彈性，是因為採取彈性往往會增加成本。就拿許多公司實行的「彈性上班制度」來說，為了兼顧同仁和顧客的需求，將上班和下班時間以三十分鐘區隔為不同的時段，讓大家更方便處理公務，也能兼顧私人生活。

美聯社華盛頓報導則指出：全美約有兩千九百萬名全職工作者可以彈性上班，佔所有勞工的百分之二十九，而且比例正在逐年增多。「彈性上班制度」的確增加了企業營運的成本，光是看水電費的支出，就可以一目了然。但是這項做法對提高工作效率、降低人員流動率，卻有明顯的績效。

行銷方面也有類似的觀察。在「大量生產」的時代，所有的產品都是採取「大量少樣」的方式，以降低生產成本，但消費者的選擇就變少了、甚至沒有選擇。市場競爭出現之後，消費意識抬頭，「少量多樣」的產品才能受到歡迎。

例如：選購汽車，讓車主自行決定車子的顏色、內裝、配備，每個項目都有三種以上的選項，進而做出不同的組合，再於一個月後交車。這麼一來，生產成本勢必增加，但如果不這樣做，車子將賣不出去。廠商所能做的努力，就是在提供彈性選擇的前提下，想辦法降低成本。

就像剛才那位新婚不久、即將被公司調往海外發展的年輕人一樣，發展的目標既已確定，接下來要處理的是：以更好的替代方案，降低人生的成本——這就是彈性！

不要專注於自身利益，多設身處地替別人的利益著想。換個角度、設身處地，就比較能發想出新的替代方案。

由此可見，一個人的觀念、體能、職位、金錢、人際關係……都需要很好的彈性。

觀念有彈性，就不會老是覺得別人是錯的、自己是對的。體能有彈性，好處不只是動靜皆宜而已，代表健康狀況也很不錯。職位有彈性，工作無貴賤之分，自己不容易失業，對別人也懂得尊敬。金錢有彈性，吃路邊攤和五星級飯店，都能享受出不同的美味。

人際關係有彈性，才可以在信任彼此的前提下，同時擁有親密與自由。

至於要如何擁有絕佳的彈性呢？我的看法是：不要太專注於自己的利益。當你願意多想想對方的立場、兼顧他人的利益，換個角度、設身處地，就比較能發想出新的替代方案，來解決眼前和未來那些難纏的問題。能想出替代方案，並且嘗試它的可行性，這就是彈性。

美國管理協會（AMA；American Management Associate）曾提出一項調查顯示，聰明的決策者，有九個必要的特質，分別是：

❶難得糊塗。在可控制的範圍內，對細節有高度的容忍性。

❷精於排定優先順序，知道什麼時候該做什麼事。

❸擁有很好的傾聽能力。因此能夠廣泛取得所需的資訊，作出正確的決策。

❹建立屬於自己的團隊，既有支持者來宣傳，也有擁護者協助推行和實踐。

❺開放胸懷，不會先入為主、也不會過度依賴過往的經驗判斷是非。

❻保持彈性，並可容許不太完美的決定，以換取將來發展的空間。

❼在「質化」與「量化」的統計資訊中，找到平衡點。例如：兼顧「數字報告分析」和「顧客反應意見」，得到有助決策的資訊。

❽冷靜面對充滿熱情的創意提案，重視執行的過程，盡一切努力避免失控。

❾絕不盲從，更不落入「他可以，我也可以」的心態；正如同尊重專家意見，但不完全依賴專家。

其中第六項，具體提到「保持彈性」這項特質，再細讀其他要點，就能發現成為聰明決策者的必要條件，其實都和「彈性」這個特質脫離不了關係。

也許，你無意成為聰明的決策者，但不要忽略了，人生裡的每一件事，都是自己的選擇和決定。

雖然，幸福不必強求，快樂也不能強留，但這都是一念之間的抉擇。擁有絕佳的彈性，只會讓你隨時有更多替代方案，每一次都能做出聰明的選擇。

變通，並非沒有原則的退守失據，
而是在兼顧長期與短期、自己與他人之後，得到妥協的智慧。

幸福像撲滿，每天存一點，未來更豐盈

有撲滿的人，才是最幸福的。撲滿，不只可以用來存錢，也可以同時把對未來美好的想像放進去。
撲滿，不只儲存了今天的價值；
它還送你明天的希望，是比金錢更有價值的利息。

年終大掃除期間，他從書架頂層一排書冊的背後，找到這個有點風塵僕僕的史努比撲滿，想起那一段逝去的感情。他沿著撲滿的造型邊緣小心翼翼地擦拭乾淨之後，腦海浮現出女孩純真的笑容。

那年冬天特別冷。他們手挽著手，經過一家炸雞店。

她突然說：「聞到香味，忽然好餓喔！我想吃炸雞。」

在此之前，一直沒有機會跟她一起吃他最喜歡的炸雞。原因是她想維持苗條的身材及細緻的皮膚，拒吃任何油炸的食物。向來遷就她的好惡，他甚至不敢告訴女孩自己最喜歡吃炸雞。

難得的機會，他們走向櫃檯，點了一桶炸雞，並且接受服務人員的建議，另加一點零錢，買了正在促銷的史努比撲滿。

心滿意足地享受完炸雞大餐，他邀請她到他的住處看電視影集。

一進屋裡，她歡天喜地打開史努比撲滿的包裝，投了一個銅板進去，史努比撲滿響起悅耳的音樂，像是幸福的主題曲。

爾後，她每次來到他的住處，都會投下幾枚硬幣，用心傾聽那幾段音樂，像是提醒雙方愛情的甜蜜。

然而，他並沒有刻意告訴她，自己也常常投錢進去，以一種許願的心情，期望這段感情幸福長久。

每一次，當她起了玩心，把史努比撲滿捧起來搖一搖，聽見銅板撞擊的聲響，就會開心地說：

「這清脆的聲音，就是好多好多句的：『我愛你！』」

不善表達的他，聽完之後即便心裡很高興，但也只是笑笑而已。

沒有吵架的愛情，不代表就一定溝通良好。等他學會表達，等她知道他愛她，愛的感覺卻已經不存在了。

隨著相愛日子的增加，史努比撲滿裡的銅板愈來愈多，銅板撞擊的聲響也從清脆變得厚重。

接著，銅板幾乎佔據史努比撲滿所有的空間，連搖晃都變得困難。

她又抱起來搖一搖，深沉地說：「就像我愛你，愈來愈愛得不輕鬆。」

他聽了很緊張，卻束手無策。愛情，對他來說，只是行雲流水，雖然很美，但自然流暢。他並不知道，她渴望有點波濤洶湧的冒險。像他這樣連「我愛你」都說不出口的男人，比較適合居家度日，沒能給她隨時被愛、被需要的感覺。

沒有吵架的愛情，不代表就一定溝通良好。從那一次開始，個性木訥的他已經能感受到彼此漸行漸遠的距離。

這一段感情，走到無疾而終，雙方都覺得意外，但也沒有明說。她變得比較忙，他也不巧地改了幾次見面的時間，約會次數明顯變少，彷彿很有默契地告知對方：「不如彼此都靜一靜、想一想吧！」

只不過這一靜、一想，就是好長一段時間不聯絡。很久沒聯絡，他對她的思念更深。

幾個月之後，他終於鼓起勇氣主動打電話。她說：「謝謝你，讓我知道你也曾經深深愛過我。但我始終不明白，你為什麼都不肯表達，讓我愛得好累。」

等他學會了表達，等她知道他愛她，愛的感覺卻已經不存在了。只剩下這個沉重的史努比撲滿，訴說著幸福曾經造訪。

用對方想要的方式去愛，而不是用自己習慣的方式去勉強對方接受。若使用了不對的犛，自然耕不到對方的心田。

春天來了，枝頭的木棉花迎風初綻。他抱著擦拭乾淨的史努比撲滿，和她在從前他們常去約會的咖啡館見面。

事先說好：並不是刻意想挽回這段已經逝去的戀情，而是分享彼此分手之後的成長。

「其實，從它開始奏不出音樂時，我就覺醒了。」她說。

史努比撲滿裡頭，有一個電子裝置，每一次投硬幣下去，就會啟動音樂。但重複太多次了，電力失去能量，音樂啞然。

「我並不是吝嗇付出感情的人，只是當時我不懂得該如何與妳互動。」他說。

如果，當時他在她面前投下硬幣，或告訴她曾經許下幸福的願望；也許，她會比較容易察覺他的愛意而受到感動。

在這個久別重逢的下午，他們的戀情才正式結束。沒有遺憾，不只是因為彼此都沒有蓄意傷害過對方，還有更多的原因是他們這才明瞭了在愛情中付出的方式。

她學到的是——

愛人、或被愛，都沒有相愛來得好。當你對一個人不停地付出，即使動機上完全不求回報，時間一久，也總會有心力交瘁的時候。而重複的、一成不變的付出方式，不僅會讓自己覺得疲倦，也會令對方習以為常。

而他學到的是——

愛，要經常用言語說出口、用行動表達。光是默默耕耘，絕對是不夠的。你使用的犛，若耕不到對方的心田，怎麼能夠有具體的收穫呢？應該以對方想要的方式去愛，而不是用自己習慣的方式去勉強對方接受。

但相對地，愛也不是一味地委屈自己，迎合對方。就好像吃炸雞這件事，應該提出來討論，協調出彼此都願意妥協的方式。

恍然大悟的他們，共同看著桌上這一個史努比撲滿，同時有了很棒的想法：找個地方，把它摔破，將裡面的硬幣取出來，捐給慈善單位，幫助更多人得到幸福。他們曾經付出給彼此的愛，因而能得到一種昇華、一種延展，不會因為兩個人決定不再繼續同行於感情的路上而終止。

我想，史努比撲滿在被摔破的那一瞬間，得到「寧為玉碎；不為瓦全」的至高價值。

對相互愛過、但最終不能相守的有情人來說，成全對方得到幸福，只是最好的結局之一。

另一個更好的結局是：幫助其他的人得到更多的幸福。傷過的心、碎過的夢，都將因為割捨之後的新生，有了意義不凡的成長。

如果你也渴望幸福，不妨就從擁有一只撲滿開始吧！

得到幸福、擁有圓滿，還要懂得分享，
才不會在積少成多之後，變成自己和別人的負擔。

撲滿，為什麼叫做撲滿呢？《西京雜記》提到：「撲滿者，以土為器，以蓄錢具，其有入竅而無出竅，滿則撲之。」就是提醒我們懂得圓滿之後的分享，不會在積少成多之後，變成自己和別人的負擔。

有一篇文章在網路上流傳甚廣，網友特別強調是台積電董事長張忠謀先生的大作，題目倒是被人改了許多次，其中「幸福的缺口」是最常被傳閱的一個版本。其內容大意是說：

「沒有一個人的生命是完整無缺的，每個人都少了一樣東西。有人夫妻恩愛、月入數十萬，卻是有嚴重的不孕症；有人家財萬貫，卻是子孫不孝……我也相信，人生不要太圓滿，有個缺口讓福氣流向別人，是很美的一件事……早期的撲滿都是陶器，一旦存滿了錢，就要被人敲碎。如果有這麼一只撲滿，一直沒有錢投進來，瓦全到今天，它就成了貴重的古董。你願意做哪一種撲滿？你每想到一次，就記下你的答案，直到有一天你的答案不再變動，那就是你成熟了！」

我很欣賞作者對人生不是完美無缺的觀點，也喜歡他用撲滿來比喻不同的價值觀。從古到今，撲滿的材質和形式有很大的演變，但教人養成儲蓄習慣的這項功能卻一直沒有改變。

有了一只日積月累投錢進去的撲滿，既可救急、也可救窮，不只自助、也能助人。

記得很小的時候，我曾經以竹筒、牛奶罐……等不同的材質做過撲滿，大概也是因此而養成了節儉的習慣。我相信，願意把零錢投進撲滿的，雖不一定很有錢，但至少都是懂得量入為出的人。有了一只日積月累投錢進去的撲滿，既可救急、也可救窮，不只自助、也能助人。

令人印象很深刻的是，經常在救災或捐款的現場，看到年紀很小的孩子，抱著心愛的撲滿前來，將自己的儲蓄布施給別人。讓撲滿除了聚集財富的意義之外，更能肩負起傳遞幸福的使命。

幾個在台灣很有聲望的宗教團體，不約而同地選擇不同形式的撲滿，教人救濟行善。星雲大師籌辦佛光大學以來，海內外各別分院及社會大眾即積極展開各項興學活動。認領「智慧撲滿」就是其中一項很具創意的活動，由各單位設計出不同造型的撲滿，再由信眾認領、許下願望，並擇期為其舉行祈福法會。

有些小朋友喜歡認領小沙彌造型的撲滿，童心善念不可小看。

由台灣世界展望會發起認購「愛的麵包」撲滿活動，也受到企業界的熱烈迴響。我常在大公司的總機旁邊，看到麵包造型的撲滿。台灣世界展望會邀請社會大眾一起來關心全球貧困兒童，只要每天存一點零錢，就可以將點滴愛心匯集起來，幫助世界上許多因貧窮而被剝奪基本人權的兒童。

在低利率的時代，經濟發達的國家，過去人民的儲蓄率普遍偏低，而這幾年的儲蓄率卻不降反升，反映民眾因為不安而不敢過度消費的心理。但這個現象也呈現消費市場的兩極化。稍微有點餘錢的熟年中產階級，因為對未來悲觀而不敢亂花錢；同樣是對未來悲觀，年輕世代卻因為沒有足夠的金錢可以儲蓄，而傾向把每個月賺來的錢花光。

記者問很多年輕朋友：「為什麼不儲蓄？」

他們的回答，不外乎下列兩種——一種是：「魚，現吃都不夠，怎麼能奢望曬乾！」另一種則是：「活在當下！花錢就要趁現在。」

這種現象，的確反映出現代年輕一輩的價值觀。也許，現在的消費，比未來的投資，更具有吸引力。但人生若只有今天的快樂，而沒有快樂的明天，日子該如何繼續呢？

相較之下，我總覺得：有撲滿的人，才是最幸福的。它可以讓你親自體驗「化零為整」「聚沙成塔」的樂趣與成就感。就算隨興只是把口袋裡剩下剛剛消費找零的銅板投進去，或是刻意省下一杯飲料的零錢存入，過一段時間後，你就可以感受它變得飽滿豐盈的幸福滋味了。

撲滿，不只可以用來存錢，也可以同時把對未來美好的想像放進去。撲滿，不只儲存了今天的價值，它還送你明天的希望，做為比金錢更有價值的利息。

在簡約中，
發現謙卑的力量

揮霍的快樂，只是一時的，但揮霍之後的空虛卻會更長久。
節制消費的欲望，用愛心幫助別人，在心靈儲存更多幸福。

試著與金錢做好朋友

錢不是萬能；沒有錢也萬萬不能。如果其他條件不變，有錢的人，一定比沒錢的人快樂。做自己真正有興趣的事，展現自己與眾不同的才華與熱情，財富自然地就會跟著你的腳步而來。

從小，我就知道金錢之於人生的重要性。還不到四歲的年紀，已經懂得要努力賺錢。

學齡之前，住在一棟陳舊的日式住宅，隔壁是一家雜貨店。老闆做生意需要紙袋，我是他的童工之一。紙袋的材料是過期的報紙，先用小刀裁割成長方形，分為四種規格，大小不等。先在斜角對折，沾些漿糊塗滿多出來的一片小三角形邊緣，摺到另一面之後貼牢，成為一個漏斗型的紙袋。每十個紙袋工錢兩分，做一百個才有兩角錢。老闆拿它來包裝顧客上門所採購的貨品，太白粉、彈珠形的糖果、綠豆、皮蛋……

隨著技巧愈來愈成熟，我的業務範圍也跟著擴展。鄰里間有位婦人接到另一筆生意，幫百貨公司糊購物紙袋，她看中我的手藝，也找我幫忙代工。

做紙袋，除了賺點小錢，還有很微妙的喜悅。看著街坊鄰居去雜貨店買東西，出來時捧著我做的紙袋，心裡總是很高興。偶而進了城裡，目睹百貨公司用的紙袋，也有我的心血，亢奮之情溢於言表。漸漸長大了，才知道那叫做「成就感」。

當時並不真確知道金錢的價值和意義，金錢觀念如何影響一個人的生命價值，有形的財富和無形的成就感如何區分或取捨，並沒有清楚的概念。

身處艱困的年代，對金錢的認識僅止於知道爸媽賺錢很辛苦。沒有錢就不能吃飯，也無法上學讀書。也常在鄰里親友間，看到為了一點小錢，四處張羅的拮据窘境。家中的經濟壓力，不時浮現在雙親深鎖的愁眉之間。有錢人的闊氣嘴臉和沒錢人家的血淚辛酸，更是強烈的對比。

唸書的時候，我已經覺悟到：人若不想一直處於缺錢的狀態，只有兩條路可走——刻苦地省錢，不然就是努力地賺錢。於是，在學生時代我就有比一般同學更豐富的打工經驗，舉凡：發傳單、推銷漫畫、做問卷調查、幫建築公司整地、擔任家庭教師、利用寒暑假到企業機關當工讀生……等。

為了賺錢，我不得不克服內向害羞的個性，逼著自己硬著頭皮闖進各行各業。現在想來，十分佩服自己少不經事的愚勇。在橫衝直撞的過程中，學習到不同技能，累積社會經驗，對我畢業之後的求職，有很大的幫助。這是金錢之外的另一種無形的收穫，卻比金錢的價值更高。

雖然，學生的天職就是要把書讀好，我卻給自己多一項任務：書要讀好，錢也要賺到。而拚命賺錢的目的，並不是為了要成為超級大富翁，而是鞭策自己遠離貧窮。與其說，我愛錢；不如說，我「怕」錢。我既害怕為了缺錢而捉襟見肘；也恐懼因為有錢不知妥善運用，而滿身銅臭。

金錢，考驗友誼。借錢給朋友，最容易傷感情。除非，你在借出之前，已經做好他不會還錢的心理準備。

或許也是因為對榮華富貴的志向不高吧，到現在為止，我果然沒有成為富翁。唯一感到安心的是供養家庭能夠三餐溫飽，除了能力範圍之內可以償付的房屋貸款之外，沒有高築債台到夜晚不能成眠，也無須為了籌錢而四處奔波。

「世態炎涼，人間冷暖。」只有曾經為金錢發過愁的人，才能刻骨銘心地了解這八個字的意義。在上一代與貧窮對抗的多年經驗中，我也跟著看盡世態炎涼，體會人間冷暖。

父親為人慷慨，對朋友極好。即使家中米缸已經見底，他也捨得把僅有餘錢拿出來給朋友花用。他手頭寬裕的時候，就更不用說。勤儉持家的母親，在這方面顯得為難。父親年輕時交了不少朋友，其中有些是靠著他的慷慨而友誼永固，但也不乏患難見真情的手足之誼。

在我小學即將畢業那年，住家因為父親轉換事業生涯的跑道而遷徙。父親一位老友知道他急需資金購屋安頓一家人，無條件地幫助父親湊足不夠的部分。

這一大筆錢，直到我們長大賺錢以後才如數奉還，對方沒有收一分利息。

我想，他們之間互信的友誼，已經不是金錢所能衡量。

曾聽過一句話說：「借錢給朋友，最容易傷感情。除非，你在借出之前，已經做好他不會還錢的心理準備。」

偏偏，這世界上有許多人喜歡拿金錢來考驗友誼。

一位心地十分善良的朋友，經常借錢給別人，有去無回。不同階段、不同領域、不同輩分的朋友，唯一相同的是——向他借錢。他常常把錢借出去之後，又得標會解決自己的財務困境。

他無辜地說：「我也不知道，為什麼大家都要向我借錢？」

熟識他的人，都知道他的經濟狀況尚可，並不是很富裕。朋友之所以向他借錢，是看準了他不懂得拒絕。

昔日軍中有同僚之誼的一位朋友，三番兩次向他借錢，前債未清，後帳又賒。而且，用的都是同一個手法：利用週末午後，到家中小坐，用過晚餐，拖到午夜，家人向客人道晚安之後，客人才說明來意：「缺錢。」

他背著太太，偷偷從房裡取錢借出，再度約好歸還日期。幾個月過去，對方依然沒當一回事。下次見面時，以為對方來還錢，沒有想到依舊是借錢來的。

陳述這些無奈的事實，他說：「沒辦法，不借他的話，太傷感情了。」

原來，很有自信和很沒有自信的人，都容易借錢給別人。

有自信的人，能夠判斷對方有沒有能力、什麼時候會還錢。在風險可承擔的範圍內，願意借錢給別人，或乾脆當作捐款行善。

而沒有自信的人，很容易擔心：若拒絕借錢給對方，可能會損傷彼此的關係，為了不要扯破臉，忍痛借錢給他。明明知道此舉無異於拿肉包子打狗——有去無回，也咬著牙把廚房裡僅有的肉包子恭恭敬敬地端出來。到最後，還要騙自己：「我願意幫他，相信他一定可以東山再起。」

與其這樣自欺欺人，何不瀟灑地說：「這是我僅有的錢了，再沒有多餘的錢可以借你了。請拿去用吧！」

若對方真是個有情有義的人，不會再來兩相為難。如果，他不還錢又來借錢，情義二字已是多餘。

借錢給別人，或向別人借錢，一旦超出自己能力的範圍，便要損及情義。

當今正值不景氣的年代，錢財週轉之間，不妨多多提醒自己：「好借好還；再借不難。」若交情不到一定的程度，借得了、還不起，與偷盜何異？而交情有很深的基礎，又何忍被還不了的借貸給糟蹋呢？

風風光光的數字背後，也許有很多辛苦的付出值得借鏡，也許有很多慘痛的教訓值得警惕。

經濟指標上上下下，股市指數起起落落，人心義理也在其中浮浮沉沉。

從學校畢業之後的許多年來，我的確曾經很拚命的賺過錢，為的只是突破困境，維持現在這麼一個小康的局面。幾位熟識的理財專家，同情我工作辛苦，又要照料家人，都曾給我忠告：「你呀，要多花點時間研究一下投資的事嘛！這年頭，不要妄想只用你一顆腦袋和兩隻手賺到大錢，要懂得用錢賺錢。」

他們說得很對，我自己也知道用錢賺錢才能致富。但是，當時年紀尚輕的我卻甘於靠一顆腦袋和兩隻手賺小小的錢，享受安定平穩的生活。在這樣的生活裡，我才覺得踏實。而今我仍不確定那些汲汲於追求財富的人，最終的目的究竟想得到什麼。但是，我很清楚自己，無論擁有多少財富，最終要的是如此這般簡樸的生活。

曾經受朋友熱情之邀，參加一個電視理財節目的錄影。事先製作單位很用心地對我做了一些準備功課，準備詳細的資料供主持人訪談。

節目開錄之後，經驗豐富的主持人不能免俗地提出一些誇張的數字，以證明理財的效用，藉此吸引觀眾的興趣。

我很佩服她的機智反應及專業能力，但卻也因為自己的實情並沒有她描述的那麼精采動人而感到不安。更憂心的是，媒體的巨大力量牽引了社會的價值觀。

畢竟，風風光光的數字背後，也許有很多辛苦的付出值得借鏡，也許有很多慘痛的教訓值得警惕。曾幾何時，我們已經習慣於專注：你一個月賺多少錢？貴公司的年度營業額達到多少？

當知名的企業一夕之間破產，標榜人性管理的公司突然裁員，都會引起社會大眾一陣莫名的恐慌。其實，是因為我們長期都忽略於觀察它實際的經營策略，以及整體團隊的執行能力。

「顧客滿意，才是經營的使命。獲取利潤，並非要務。」這是我接受企業管理教育，學到的名言之一。年輕時，誤以為它只是唱高調的一句話。經過這些年的生活歷練，我才盡釋「錢」嫌地體會了它的真諦——以顧客滿意為前提，獲利就會是極為合理而且自然的事。

把這句話應用在生活上，道理也是相通的。對自己滿意，並且願意服務別人，生活自然會感到幸福。

關於金錢觀，網路上流傳甚廣的一句話：「活著的時候沒錢可花，或臨死前沒有把錢花完，這是人生最令人遺憾的兩件事。」可以反映現代人對於金錢價值的看法。我同意：錢不是萬能，沒有錢萬萬不能。更何況，如果其他條件不變，有錢的人，一定比沒錢的人快樂。但只要用心付出、努力工作，要應付生活所需的基本開銷，並非遙不可及。

更何況如果只把賺錢當做人生第一要務，距離快樂就愈來愈遙遠了！反之，做自己真正有興趣的事，展現自己與眾不同的才華與熱情，財富很自然地便會跟著你的腳步而來。

關於財富，我後來才漸漸懂得：不需要苦苦追求金錢，只要努力發展天賦，為世間創造更多幸福與喜悅，就會擁有豐盈的人生！這並不僅限於心靈的豐收，也有可能因為心態的開放，而創造更多財富的機會。

在財富中，
發現謙卑的力量

財富，帶來煩惱也帶來快樂。但它帶來的煩惱，常多於快樂。
並非不要財富；而是要善用財富。別讓過多的財富稀釋快樂。

別用青春典當自己的未來

若沒有長遠的目標與計劃，
及時行樂，未必真正可以紓壓。
過度消費，不會得到真正的快樂。
唯有開放自己的心靈，才會找到長久的幸福感。

從事行銷工作多年，最大的樂趣之一，是看到很多產品被成功地銷售到顧客的手裡。其中包括：產品設計得很用心，適切地滿足了使用者的需求；或是宣傳方式很有創意，在很短的時間內家喻戶曉；有的是因為促銷方式很成功，讓本來不想花錢的人都動了心……每次觀察到成功的案例，都會令我十分感動。

這個社會，有這麼許許多多的人，付出寶貴的心血，在研發產品時創造自我的價值，接著透過行銷的過程，讓消費者從擁有或使用產品的過程，獲得更多的滿足。

但是這幾年來，市場的型態有很大的轉變。當我看到某些成功的行銷案例時，非但沒有感覺快樂欣喜，取而代之的竟是憂心忡忡。我指的是那些只針對年輕朋友、煽動他們過度消費的商品，它賣得愈好，就愈令人擔心。

尤其當我從總體研究這些廣告中，發現廠商大部分行銷費用，都花在對三十歲以下的年輕人訴求，特別是在流行服飾、運動休閒、3C產品、線上遊戲、餐飲零食、觀光旅遊等，而比較少對成年人或老年人進行溝通。彷彿看到很多刻意的誘惑，是伸向那些容易動搖的心靈，慢慢掏空他們的身體和靈魂，最後有可能會將導致整個消費經濟崩盤瓦解。

若是沒有打工的青少年，靠父母提供經濟來源，或許還能有些約定與節制；一旦從學校畢業，進入職場工作，便開始「自己賺錢，自己花」的階段，聽起來是個既自由又自主的財務概念，但是因為經濟環境的改變，導致年輕朋友面對「賺的不夠多」但「想花的卻不少」困窘。

尤其在物價快速攀升、房價仰之彌高的趨勢下，年輕世代會有「存不到錢」「沒錢可存」「存錢也沒意義」等財務迷思，回到現實生活中，「花光月薪」「預支現金」這種類似「今朝有酒今朝醉」的消費行為，就變成一種無言抗議的短暫舒壓方式，卻因此而帶來更多的長期壓力。

先享受，再付款。預支快樂，將用加倍的痛苦清償！月光族，靠刷信用卡、提前消費，未來的財務負擔必然更沉重。

有這麼嚴重嗎？

許多行銷研究指出：年輕人是最主要的消費群，在亞洲地區的現象尤其明顯。他們花費的金錢，用在旅行、手機、餐飲、娛樂等，很可能已經超出現階段的他們所能負荷。

讓我們先來看看以下幾個來自不同地區的媒體報導。

中國大陸學者，歸納出年輕人之所以成為「窮忙一族」的原因，就是「超前消費」。他們樂於把錢花在手機、手遊、餐飲、旅遊等。

《彭博》（Bloomberg）指出，中國「Z世代」（西元二千年前後出生的人），收入並不高，卻可以輕易從銀行、金融科技新創公司、P2P網路借貸、以及其他未經嚴格並缺乏管制的金融通路借錢消費。尤其是線上消費，使得未擔保的消費者貸款年增約百分之二十。如果債務問題繼續惡化下去，不只是年輕的他們個人與家庭生活受到嚴重威脅，中國整體經濟發展也可能受到動搖。

許多行銷現象都可以看到這個明顯的趨勢，多年前，香港媒體曾對年輕世代「先駛未來錢」的現象再三提出警訊。如今的香港，因為各種複雜的因素，導致貧富差距拉大，讓年輕人面臨更巨大的生存壓力，而感覺前途茫茫，甚至參雜不同政治意見的訴求，展開街頭游擊式的抗爭，凸顯經濟問題的嚴重性。

回過頭來看，更早之前，英國的《金融時報》曾刊出的一篇標題為「亞洲覺醒」的文章，甚具先見之明，它指出過去勤勞節儉的亞洲人漸漸迷戀上了奢侈的生活，年輕人甚至開始熱衷於借貸消費。

《金融時報》的分析家大聲疾呼：「亞洲國家消費方式的變革，將對世界的儲蓄和支出模式有重大的影響，並可能改變世界貿易和資金流向。」

日本當代的年輕人，成長在全球經濟衰退的陰影之下，又歷經二〇一一年的東日本大地震之後，一度有縮減支出的現象，但最近這幾年來，消費力又再度活躍。

經濟專家認為：是職場結構變化、以及社群的影響，讓年輕人不再追求耐久好用的品牌價值，只想短暫擁有設計新穎、外型美觀的產品，以滿足自己「及時行樂」的需求，來撫平內心的不安。

台灣街頭到處可見，月薪不到三萬元的年輕人，使用市價超過三萬元的手機，而且還不時更新最夯的上市機種。初入社會工作的女孩，買跟月薪差不多價格的名牌包。三十歲前後的上班族，對工作沒有熱情，期待休假出遊，把吃喝玩樂當作充電的捷徑。

綜觀這些亞洲地區新一代的消費觀，其實都跳脫不了「小確幸」的思考。因為房價太貴，買不起；因為物價太高，追不上。與其對未來灰心絕望，不如讓現在的自己好過一點。

很多人認為，既然無法存錢，不如及時行樂吧！工作無趣，趁有幾天假期，搭乘廉航到處旅行，美其名是紓解壓力、體驗生活，但假期結束，回到真實的人生，非但並沒有真正紓壓，反而累積更多壓力，必須寄望於下一次的旅行，再度出走。

離開，究竟是為了值得憧憬的遠方，或只是想要逃避惱人的現在？其實是個很需要進一步深思的問題。並非不能夠經常出國旅行，體驗人生；而是要及早建立自己的財務觀念，規劃未來所需。實現夢想，並不是一時的任務，更應該有長遠的計劃。

在不景氣時期，故意引誘年輕人消費，只不過是換來暫時繁榮的假象，對經濟發展沒有真正的幫助。

我的好友資深斜槓教練洪雪珍小姐，曾經苦口婆心地指出：年輕時，「偽富」；老來會變得「真窮」。這個勸勉裡，有暮鼓晨鐘的警示啊！

一旦賺不到太多錢的年輕人，快速成為主要的消費群，這種現象正宣告著消費方式和生活價值觀有重大改變。

傳統的亞洲人，也就是我們的長輩們，將大部分的收入儲存起來、或是買房置產，以應未來之需；而年輕世代則把花錢享樂當作生活必須的一環，甚至不惜以預支現金的簽帳方式，先享受再付款。現代的電子付款，比從前刷卡更方便使用，也更容易失控。

精明的商人們，特地為這群被誘人廣告刺激起欲望的消費者，設計了各種降低罪惡感的消費模式，舉凡：分期付款、滿額加送、買多賺多，看起來像是精打細算，但實際上，卻增加了日後必須償還的負債。這樣的經濟榮景，很可能只是是曇花一現。

刺激消費的相關產業，都存有共犯結構。傳統電視媒體曾想要刻意討好年輕族群，以收視率掛帥，刻意大量製作譁眾取寵、甚至無厘頭的節目，為的就是要爭取廣告商的青睞。

為迎合年輕市場的口味，平面媒體和電子媒體，爭相製作娛樂內容，將具有深度的報導棄之一旁。連新聞節目也淪陷得十分綜藝化、或商業化。這些現象，多少影響部分人們好逸惡勞的習性，為了物質享受，常不擇手段。

當需要大量廣告收入以求財務平衡的媒體，發現年輕世代轉向網路等新媒體後，標榜「業配」的「置入性行銷」，跨領域橫行於傳統電視與網路。甚至，傳統電視媒體廣告業績低落，而必須不斷重播舊節目，或製作更多置入行銷的假新聞、假節目維持生計。不惜製造出更多的媒體亂象，內容其實無關緊要，主要的目的都是為了刺激年輕人消費。

這些被市場人士看好十分具有「購買力」的年輕消費者，事實上手無寸鐵，並沒有自己的財富，他們花的都是上一代的積蓄、或自己僅有的現金，甚至不惜以貸款支付。

刺激年輕人的消費欲望，不但對經濟復甦沒有實質的幫助，反而容易扭曲他們的價值觀。

許多趨勢報告指出：「人口老齡化」的現象，將造成未來年輕人的負擔。但這項預言正受到事實的嚴苛挑戰——大部分的銀髮族其實是有錢捨不得花，財務狀況還算不錯；倒是年輕人沒錢卻敢亂花，把今天的享受變成明天的負債。

如果沒有父母支持，缺錢還債的年輕人只好過度出賣勞力，靠瘋狂地打工、兼職度日。稍微把持不住的，就以網路援交、酒店公關、甚至加入詐騙集團當車手去解決財務的困難。面對別人異樣的眼光，他們卻覺得：「憑我自己的能力賺錢還債，有什麼不對嗎？」

這樣的相對質疑，也算是振振有辭。年輕人的價值觀並非僅由自己扭曲，商業機制的炒作確實應該共同負起一部分的責任。

短視近利的商人，知道銀髮族捨不得花掉自己的老本，為了做生意賺錢，把腦筋動到口袋沒錢但卻很敢花錢的年輕人身上。他們以富有創意的廣告、或網紅業配，鼓勵消費，彷彿成功地刺激了景氣。但事實上，年輕人的消費多屬於娛樂、通訊等附加消費，難以帶動具指標性的產業回春。

過度刺激消費欲望，不但對經濟復甦沒有實質的幫助，反而很容易扭曲年輕人的價值觀。

曾有一位二十幾歲的孩子，覬覦父母的財產，竟結夥將親生父母殺害。還有一些實例是：伸手向父母要錢未果，只好一走了之，離鄉背井或選擇自殺。

喜歡消費但還不起錢的年輕人，將成為整體社會的負擔。成年本該出外獨立生活，卻因經濟所迫而回家啃老。

引誘年輕人消費，使負債累累的他們，在一片經濟不景氣聲中，換來暫時繁榮的假象。金融業者正為了借貸的業務量直線衝高而舉杯慶祝時，接踵而來的，則是積沙成塔的壞帳要處理，逼得他們不得不開始重新檢討核准年輕人辦卡及借貸的條件。

根據香港青年協會的市場調查資料顯示：「十八至三十四歲的人之中，擁有超過一張信用卡的人數過半，其中百分之十五的人曾刷爆信用卡。」

香港的報紙曾以醒目的標題刊出新聞：「銀行核發信用卡浮濫；大學生破產數字劇增！」雖然多數大學生的財力狀況並不符合銀行核發信用卡的標準，但金融業者看準他們的高消費意願及將來償債的潛力，仍將大學生視為拓展信用卡市場佔有率的主要目標群。

由於銀行從信用卡獲取的利潤頗高，各銀行面臨強大競爭壓力之下，紛紛打出奇招，以循環信用利息超低或精美禮品招攬，希望更多大學生成為信用卡用戶。沒想到算盤沒有打好，許多年紀輕輕的香港大學生竟宣告破產。

美國許多習慣「先享受、後付款」的年輕人，早就被自己沉重的負債壓得喘不過氣來。

美國國會總審計署一份報告指稱：大約有一半的大學生畢業時，必須負擔一萬九千美元的學生貸款。美國研究集團（America's Research Group）主席彼摩（C. Britt Beemer）估計：「三十歲以下年輕人，平均信用卡債務大約為美金一萬元。即使到了三十歲，也很難降低債務。」

美林銀行和人口研究機構所做的聯合調查發現：美國「千禧一代」（一九八二年至二〇〇〇年出生）的個人財務的負債問題嚴重，大約五分之四的美國年輕人背負高額的學貸和卡債。每人平均背負高達三千七百美元的「卡債」，半數以上無法償還，迫使渴望獨立的他們，無法離家，回頭啃老。

亞洲地區其實有更多年輕子女賴在家裡，寧可仰父母之鼻息也遲遲不肯獨立搬出去住；還有年輕人則傾向和爸媽一起購物。

日本曾流行一時的「M&D」購物風，就是一項十分有趣的解決之道。「M&D」指的是「Mother and Daughter」，即母女結伴逛街購物的消費趨勢。女兒看上眼的東西，由媽咪付錢買下，兩人開心地說：「雖然有點貴，但我們可以共用！」

台灣年輕女性，即使出嫁以後，還是希望住在和原生家庭比較近的地方，可以常回爸媽家吃晚飯、帶明天的便當。生了孩子也可以請媽媽當免費保母，這些現象也是「M&D」消費模式的另一種版本。

承受債務壓力的年輕人，將無力改善未來的生活。唯有及早養成賺錢儲蓄的習慣，才能避免被債務拖垮一生。

從前的年輕人，曾經為了究竟是「為工作而生活」或「為生活而工作」感到迷惑；如今答案已經非常明顯：未來的年輕人很有可能將是「為還債而工作」。

從「投資自己」的角度，來解釋這一類消費行為，就不只是「情有可原」了，應該給予信任與尊重。但實情是什麼呢？或許要看十年後，他的投資有沒有回收，再深入討論了。

知名理財專家博多．雪佛（Bodo Schafer）在《七年賺到一千五百萬》書中提到：「承受債務壓力的年輕人，將無力改善未來的生活，因為他已經把未來工作所得的報酬，在把錢賺進口袋之前就享受完了。」他以古代巴比倫人設計類似現代銀行的機構為例，將自己當作抵押品來借款，如果還不起錢，就會被當成奴隸賣掉。

或許，這是個流行典當青春的年代。香港小說家深雪曾以《第八號當鋪》一書席捲文壇。書中便是以「典當」的概念為主軸，故事裡有人專程前來第八號當鋪，以大腿、愛情、靈魂……等作為典當，換取錢財、技藝、或家人的平安。小說的世界自有它浪漫夢幻的情節，但是在真實的人生裡，年輕人自以為是的享樂作風，很快地，將被自己高築的債台逼迫必須面對現實——「如何跳脫以債養債的惡夢？」

而博多．雪佛又以簡潔有力的句子來呼籲：「儲蓄！把賺的錢一半還債、一半存起來，讓工作有目標。」但顯然多數年輕的朋友，至今沒有把這一席忠言逆耳的話聽進去。

再這樣下去怎麼辦呢？身為資深行銷顧問，我沒有能力阻止企業繼續向年輕人做過度的促銷引誘，對年輕化的消費趨勢也無法力挽狂瀾，只能藉助這一篇小小的文章呼籲：「企業要有良知，年輕人要有節制！」別做太多「殺雞取卵」的行銷，否則就是同歸於盡。

真正的快樂無須典當青春，就可以福至心靈地獲得。瘋狂血拼的快樂只是一時；真正的快樂是：幫助別人得到幸福！

我們究竟能不能擺脫過度消費的欲望糾纏呢？即使經濟不景氣，呼籲「暫停消費」的主張，仍是一項重大的挑戰。

一群愛護地球資源的人士，將每年的十一月二十四日訂為「國際無消費日」，建議大家在當天停止消費，學習用「以物易物」的方式換取生活所需，以免資源過度浪費。聽起來有點像是「飢餓三十」的活動，只是重點在於節制花錢的欲望。

就算不考慮環保問題，也請回到自身的利益吧。風行全球的暢銷書《富爸爸，窮爸爸》書中，作者羅勃特·T·清崎（Robert T Kiyosaki）一針見血地指出富人和窮人的差別：「富人買入會幫你賺錢的資產；但窮人永遠只有消費性的支出。」他進一步說：「錢，要花在可以為你賺錢的資產上面，而不是透過消費變成一堆負債。」

也許年輕人並無意讓自己成為「富翁」，但求本身能夠活得快樂盡興。不過，快樂究竟是什麼呢？

畢竟，瘋狂血拼的快樂只是一時的。在法國造成轟動的電影《艾蜜莉的異想世界》提供了另一種思考——快樂是：幫助別人得到幸福！

偶然的機會裡，女主角發現牆壁的洞裡藏著一個小盒子，她決定幫從前的房客找回這個童年時的寶物。在這個過程中，艾蜜莉學會關心生活周遭的人，幫助大家重溫快樂時光。

她協助盲人過街，並像導遊般為他導覽城市風景。她替老太太遞送陳年信件，傳送溫情。她開放自己的心靈，終於找到了真正的快樂。

原來，真正的快樂無須典當青春，就可以福至心靈地獲得。習慣向生命預支快樂的年輕朋友啊，在走進青春的當鋪之前，或許你可以有其他創意，為自己創造更多心靈的財富。

青春，生命最重要的資產。
善用青春這項資產，趁早努力投資自己，未來才會豐收。

守成，也是一種創新

只會守成而不懂創新，
必定只能當一輩子的「第二名」。
但只有創新而不懂守成，
絕對無法成為永遠的「第一名」！

幾乎每隔一段時間，就會有新聞傳出某知名的企業或老字號店家，以迅雷不及掩耳的速度，結束在台灣的重要營業點。有些廠商還必須在很短時間之內清掉庫存，舉辦貨真價實、徹徹底底的「一件不留、清倉大拍賣」。在許多消費者大排長龍撿完便宜之後，難免對這幾家大企業面臨「關門」的窘況感慨萬千。

業者說：「景氣不好」；專家說：「經營不善」。其實，有關「景氣不好」或「經營不善」的爭議，並無助於產業經驗的累積與學習；但聽見業者很有默契地對整個經濟環境憂心忡忡，並表示台灣長期陷入政黨惡性競爭，缺乏長期而穩定的政策發展經貿，讓民眾在享受自由民主的氛圍之下，在經濟上沒有明顯的翻轉。

一、二十年前，還有企業無奈地選擇「棄守台灣，轉進中國」的策略，關掉台灣的工廠，前往大陸發展。而今，在大陸的台商又必須面臨人工成本增加、政治選邊站、中美貿易戰等難題而撤退返鄉，這些都很值得細細深思。

面對市場漸趨成熟飽和的困境，轉戰其他新興且大有發展潛力性的地區，未嘗不是一個可行的策略思考；但幾年之後，等到新興市場趨向成熟時，是否又再度面臨相同的發展困境？殷鑑歷歷，不需贅言！

這二十年來，中國大陸曾經是新興的經濟實體，充滿商機，潛力無窮。不只是台商，幾乎各國的企業，都看到這個市場大餅，躍躍欲試。其中，除了有些進入中國市場的廠商，是基於本身很有計畫的開發策略之外，也有很多廠商是在原有市場的發展中遭遇難以突破的瓶頸，而決定轉戰中國大陸。

幾年前，有一家中小企業在台灣的經營成績不算顯赫，但它以「先驅者」的姿態進入中國大陸，創立全新的品牌，短短幾年，便獲得極佳的業績和口碑，然後挾著成功的聲譽再反銷回台灣，同時併購另一家大型公司，聲勢不可同日而語。

如果，將企業經營比喻為人生，在發展不順遂時，換個跑道試試新的機會，當然是一個值得考慮的選擇。但重新出發因而可以成功的前提，應該是願意努力的態度和用對正確的方法。

換個跑道，只不過是嘗試新的機會；並非像打麻將一樣全憑手氣，以為換個座位就可以改運。

想要在新興的市場，闖蕩出名號來，需要的是創新的勇氣和實力，且兩個特質，缺一不可。創新的勇氣，讓你敢於嘗試，不會因為害怕失敗就畏首畏尾。而創新的實力，讓你先經得起挫敗、繼而找到新的成功方法。

若因為已經領先，就不創新，遲早會落伍；若缺乏實力，只憑一時運氣成功，很快就會失去競爭優勢。

有趣的是，在既有的市場中繼續保持領先，同樣也需要創新的勇氣和實力。若因為已經領先，就不創新，遲早會落伍；若缺乏實力，只憑一時運氣成功，很快就會失去競爭優勢，無法繼續保持領先。

當人們看到某知名企業退出市場，總會很感嘆地說：「想當初，它剛進市場時，有多風光啊！」沒錯，當它扮演「先驅者」的角色時，的確很成功地抓住第一波商機，創造不錯的業績。但後來其他競爭者相繼加入市場分食大餅，勝敗優劣的變化關鍵全繫於——是否掌握消費者的需求。

就像有些「草莽型」性格的人，嘗試新的任務時，就像進攻處女地，很有一套；但經營守成方面，就顯得力不從心。

在企業經營策略的這一環，要掌握消費者的需求，是很精緻、很細密的思維。「草莽型」的企業，必須在成功佔據市場的同時，盡快調整策略，並且慢慢轉型，親近消費者，更進一步滿足他們需求，否則很輕易就會把打下來的江山拱手讓人，從先驅者轉變為退出市場者。

相對地，另一種「後來居上」型的企業，雖沒有搶到最早的商機，但因為選擇了最適當（適合自己能力、也適合市場需求）的時機進場，加上精細的規劃和不斷的努力，很可能穩穩佔居第一名的位置。這一類型的企業同時擁有創新和守成兩種能力，所以才能長期保持領先。

也許從表面上看來，它的創新力似乎並不如「草莽型」的企業，但其實是程度上的不同而已。「草莽型」的企業擁有創新的勇氣多於實力，而「後來居上」型的企業則是創新的實力和勇氣不分軒輊。

顯而易見地，「後來居上」型的企業，在進入市場的時機並不能有太多猶豫，只能有些微差距而已，否則，市場上可能只能容納一家企業，沒有給第二名任何存活的空間。

尤其，當消費習慣已經具體形成之後，要改變是一件極具挑戰性的任務。

「後來居上」型的企業若錯過時機，就難以挑戰成功。所以說，「第二名」要追過「第一名」，有其先天上的困難度。一旦「第二名」成功地克服了這項困難，贏得第一名的寶座，並且站穩腳步，原先的第一名不只因失去既有的優勢而節節敗退，還可能被迫轉戰其他市場，或退出江湖。

一直維持領先的秘訣，就是——
既有創新的勇氣和實力，也有擁有守成的本事和耐性。

綜觀這些企業經營的起落，不難發現人生舞台上的「第一名」和「第二名」之間，有著截然不同的個性。勇於衝撞的先驅者，很容易在一夜之間成功，當上「暫時的第一名」，但他必須願意及時轉型，放棄草莽英雄的光環，將策略精緻化，才能真正穩坐第一名的位置。若轉型失敗，將被第二名取而代之。

當「第二名」有機會拚成「第一名」，並且懂得守成，就會以遙遙領先的姿態擺脫其他競爭者。

換句話說，只有創新而不懂守成，絕對無法成為永遠的「第一名」！但只會守成而不懂創新，必定只能當一輩子的「第二名」。什麼人可以一直維持領先呢？就是既有創新的勇氣和實力，也擁有守成的本事和耐性的人。

傳統的觀念裡，很多人就是把談戀愛當做創新（積極的）、把婚後的生活當做守成（保守的），才會談戀愛時轟轟烈烈、結婚後平淡乏味。

守成，常被誤解為：靜態的、也是保守的。但在我的觀念裡，卻不是這樣。我認為守成，是在更加激烈的競爭中維持一種穩定的平衡。守成，是動態的、也是積極的。

貞觀十年（公元六三六年）唐太宗問臣子說：「帝王大業，草創與守成哪個比較困難？」尚書左僕射（唐代尚書省長官）房玄齡回答：「天下大亂的時候，群雄競相出現，必須打敗他們的軍隊、攻略他們的土地，才能使敵人投降。所以，草創比較困難。」

善於提出諫議的魏徵大夫則說出另一個看法：「帝王大業興起之初，在世道衰敗混亂時，推翻昏庸無道的君王，四海之內百姓歡喜地擁護。所以，草創並不算太艱難。但是當帝王得到天下以後，國君日漸驕縱淫逸，老百姓沒有辦法得到安靜的生活，民生凋敝，常導致國家衰亡。從這個觀點看來，守成比較困難。」

唐太宗語重心長地說：「過去玄齡跟著我平定天下，歷盡九死一生的艱難險阻，所以他認為草創艱難。而魏徵跟我安定天下，擔心出現驕奢淫逸的情況，導致國家競爭力衰退，所以他看到守成艱難。草創時期的艱難已經成為過去的往事，而關於守成的這項困難，我應該要和各位一起慎重面對。」

可見，守成並非躺著不做事，而是要更積極審慎地面對現有的局面，不只是「如臨深淵、如履薄冰」般的小心翼翼，還要加上精緻規劃和具體的行動，才能維持穩定與平衡。

知識只能守成，創新才能主動。有了知識之後，還要活用知識，有獨立思考能力，才能將知識化為競爭力。

這多年來，我常被朋友戲稱「左手創作、右手行銷」，但也因為同時從事不同的工作，讓我對「創新」與「守成」有了全新的體會——創新與守成，兩者之間並非對立或矛盾的。無論是規劃生活或經營事業，「創新」與「守成」只不過是在不同的階段的兩種策略，它們非但不相互違背，大部分的時間還是相輔相成。就看你怎麼交互運用。

學生在校考試的成績，有所謂的「第一名」與「第二名」。成績最優秀的同學若想保持領先，不只要守成，維持他過去良好的求知態度，同時也要創新，想辦法精進自己的讀書方法，否則就可能被「第二名」趕過去。而「第二名」若想要超越「第一名」，守成是必要的態度，得先穩住才能創新。

在這個強調知識經濟的時代，大家都能理解到知識的重要性，但台積電前董事長張忠謀先生在一次對青少年演講的場合提到：與其說「知識經濟」，還不如說「創新經濟」，因為知識只能守成，創新才能主動。有了知識之後，還要活用知識，有了獨立思考能力，才能將知識化為競爭力。

這一番話，不但點出活用知識才能創新的觀點，同時也附帶說明了創新和守成之間微妙的關係。守成，其實不是消極地守住既有的成果，而是更積極地加強自己競爭力，才能免於被淘汰的噩運。

在積極中，
發現謙卑的力量

因為害怕落伍、或不願意失敗而努力不懈，
似乎是有點消極的態度，但其實也有相當積極的意義。

輯四

小小的行動，會為人生帶來大大的改變

天使的眼睛，觀照人間的無常

魚塭的水面上，浮現山的倒影，
山上有兩盞路燈，漂浮在水面上。
人生無常，
是愛與希望，讓我們看見了生命的光。

剛退伍那一年，我到花蓮探訪一位好友。因為同姓吳，我們便以兄弟相稱。他的年紀較長一歲，我叫他「大哥」。戲稱「命運坎坷；顛沛流離」的他，並非世居花蓮，從小到大，搬了很多次家，後來因為在學校擔任教職的父親，轉行從事石材生意，才正式在花蓮落戶。

那趟旅行，說了好久。我們在大二那年結拜，他經常邀約，「來啊！來啊！來花蓮找我玩。」萬萬沒想到，真的去花蓮的時候，已經從大學畢業，還服完兵役，正是所謂的「社會新鮮人」。

花蓮，有什麼好玩的呢？應該是太魯閣國家公園吧！鬼斧神工的懸崖峭壁，吸引許多觀光客留下他們的驚嘆。應該是七星潭吧！那裡的海有三種顏色，在潮汐升落之間頻頻召喚著心靈的小船向它靠岸。應該是南寮漁港的海鮮吧！以活跳跳的龍蝦為號召的大餐，吃過的人無不脣齒留香，豎起大拇指說「讚」。或者，是聞名全台的扁食吧！料好又實在的小吃，讓旅行的人特別感到飢腸轆轆。除了這些之外，花蓮還有什麼好玩的呢？

拜訪大哥的那一次，算是我第一次真正地玩遍花蓮。他家的待客之道，除了熱忱，還是熱忱。短短的一個週末，該吃的、該玩的，都沒有遺漏。可是，經過許多年以後，如果有人問起：「你對花蓮印象最深的是什麼？」我的答案，連自己都感到意外。

還記得那是一個中秋節的前夕，有颱風正在海面附近，我們到堤岸旁邊觀看洶湧的海潮，白浪滔滔約莫有四層樓高，在眼前捲起又碎落。我和大哥，靜靜地坐在岸邊，看著潮起潮落，沒有說些什麼。

當時，我已經找到一份常被親友稱羨的電腦公司工作，但碰到一些瓶頸，做得不是很快樂。比我晚三個月退伍的他，剛從外島東引回到台灣，準備去銀行上班。兩個涉世未深的年輕人，對未來沒有太多具體的把握，特別容易覺得前途茫茫。

海濤撞擊岩岸，搗碎成千萬朵浪花，濺濕了我們的頭髮和衣服。二十幾歲的我們坐在海堤邊，以為人生的悲喜，就是這一場潮起潮落，以為憑藉自己的勇氣與毅力，就可以笑傲江湖。誰能想到，所有的豪情壯志，並沒有在轉眼成雲煙，卻成了一句輕輕的喟嘆，迴盪在歲月的長廊。當驀然回首時，成為一聲聲對青春的呼喚。

往大哥住家的回程，天色已經暗了。我們經過一處魚塭，在水面上看見美崙山的倒影，山上有兩盞路燈，漂浮在水面上。

「像一對眼睛。」大哥說，「每次凝望美崙山，就會看到這兩盞燈。」

「那兩盞燈，也一直觀照著我們吧！」我想。

愛，是生命的答案。為了愛我的人、以及我愛的人，無論如何，一定要讓自己活得更好。

搭火車回台北那天，大哥在月台送我，臉色不是很好看。

「感冒沒好，身體不舒服嗎？」我問：「或是為了應該留在家裡工作、還是去銀行工作而心煩呢？」火車隆隆地將我載走，遠遠地，我只看到大哥揮一揮手，沒聽見他說了什麼。

再有消息的時候，大哥決定繼續他離鄉背井的生涯，到台北一家外商銀行工作。而身體微恙的他，經過詳細的檢查，被醫生判定為腎臟病，開始漫長的洗腎及換腎的醫療過程。我怎麼也想不到，身為運動健將、還曾經參加排球校隊的他，竟在三十歲不到的年紀，就必須開始學習如何和病痛相處。十幾年來，大哥結婚生子、事業有成，若不是貼身的親友，很難看出他是個換腎的病人。

多愁善感的他，變得樂觀開朗。

不知是什麼原因讓他有這麼大的轉變，有一次聊天時，他告訴我：「為了愛我的人、以及我愛的人，要讓自己活得更好。」

他的辦公桌上，一直擺設著兒子皮皮的相片。愛，是生命的答案。

偶而，他也會感慨地說：「罹患這種病，生命要走到什麼時候，連自己也不知道。看看至少能不能活到參加皮皮的結婚典禮，就心滿意足了。」這是很傳統的想法、也是很古典的心願，對一個慢性病患來說，卻是他脆弱的生命中，最強而有力的支撐。

「給我一個支點，就能舉起地球。」我將這個觀念稱之為：「心靈的槓桿原理」。他已經找到他的支點，我相信他能夠舉起他的世界。

我常自責，沒有多花時間陪伴他度過身心煎熬的日子。雖然在他面前，一再悔過，說要經常問候他，卻因為自己的生活也忙到「蠟燭兩頭燒」的地步，而輕易原諒自己。但只要有人在我面前提起花蓮，我就會想起和大哥經過魚塭時，看見美崙山上的那兩盞路燈，像一對慈悲的眼睛，觀照著無常的人生。

每一個人的背後，都有一對天使的眼睛在關注著。
就像山上的兩盞路燈，依然悠悠地浮現在心湖。

居住在台北的人把花蓮定位成人間淨土；我不知道花蓮人怎麼看待自己。這幾年來，因為公務及旅行，到過幾次花蓮，發現建設愈來愈進步。很明顯地，花蓮的車輛數目增加了，路上的行車速度也加快了，但大致上的節奏，還是維持著她原本優雅的風格。離開花蓮的人，對她總是戀戀不捨。我先後認識兩位曾經在花蓮空軍服役的朋友，提起花蓮的雲和海，總是激動得彷彿昨日。

亂世中，父親從大陸來台之初，曾有一陣子暫住在花蓮朋友家中。幾十年沒有再回到花蓮，常念著要去看看。某年的春節過年之前，我特別陪他和母親去花蓮旅行，夜宿天祥，隔天在花蓮市區逛逛。站在市容已經完全改變的路上，父親比劃著昔日曾有的街景，回顧屬於他的青春歲月。人生一場滄海桑田，在我們的眼前重演。

就在那個初夏的夜晚，父親在一次半夜急診後，突然發現自己罹患心臟病，開始了長期的療養，呼吸和步行都十分困難。照顧他的日子裡，我常懷想我們在花蓮的時光。當時父親身體還很健朗，他箭步如飛的身影，帶我走入他的生命現場，雖然只有短短的兩天一夜，卻十分難忘。

這是父親生前我和他同遊的最後一次旅行。慶幸能在他有生之年，陪他走一趟令他念念不忘的花蓮，卻也感到很遺憾——幸福的時光，何其短暫？

很多來自外地的文人雅士愛上花蓮，把她當做避世的桃花源，但真正久留的並不多。獨身或舉家遷徙到花蓮，幾年之後又離開。來也惆悵，去也惆悵。

對某些早已經習慣都會繁華的人來說，寂寞，只能短暫擁抱，不適合長期擁有。對另一種人來說，花蓮卻是生命中繁華的夢想。例如，花蓮門諾醫院的院長和所有的同仁們，用畢生的心血在建築這個大夢。

我因為答應與電視節目主持人于美人小姐一起幫忙門諾拍攝一系列公益募款的廣告，而再度造訪花蓮。從門諾的角度來看花蓮，感動的淚水很快地超越私情小愛，灌溉這片得天獨厚的土地。

尤其親眼看到門諾的同仁及同工們，以極大的愛心照顧重殘的病患，有限的生命和無限的情愛，都在病房中融合成溫柔的雙手和信任的眼神。他們還提供居家老人一天兩次的送餐服務，風雨無阻地將熱騰騰的餐盒，無遠弗屆地送到世間名利無法觸及的偏僻山區。

當年，正積極籌備老人照顧社區的門諾醫院院長黃勝雄說：「我們背後，都有一對天使的眼睛在關注著。」而今，他已經退休交棒，門諾醫院原本照護老人的初衷不但沒有改變，繼續打造「門諾壽豐老人照顧社區」，還有壽豐分院、壽豐護理之家等更完善的醫療服務。

這幾年來，每回到訪花蓮，只要有點空檔時間，我都會繞路到壽豐看看。即使回到台北，黃勝雄前院長的話，不但深植我心，還常讓我想起美崙山上的兩盞路燈，依然悠悠地浮現在我的心湖。

人生無常，是愛與希望，讓我們看見了生命的光芒。當無常變成日常，為別人付出的勇氣，讓我們無畏於未來的挑戰。

面對無常人生，不需要看破紅塵，而是需要更多熱情。
願意奉獻自己，造福別人，就會發現——天地有情、永留心田。

素描就像人生，可以簡單也能豐富

心境改變的，不只是視覺；
而是整個青春沉澱之後的透徹與安靜。
多采多姿的生命，穿過歲月的鏡片透視，
黑白竟是最耐人尋味的色彩。

我從小就喜歡畫畫，但並不喜歡上素描課——這是我從前對素描課的印象。

回想從前上過的素描課，都很無聊。國中、高中時候的素描課，一堆正值青春期的臭男生，擠在陰暗狹窄的素描教室中，對著裸體的石膏模型作畫。調皮一點的同學發揮對情色無盡的想像力，彼此嘻笑怒罵；認真作畫的同學，常被取笑：「你想考美術系啊？」而老師呢？老師才不會管這些事。

從學校畢業以後，再沒有機會上素描課。二姊經由同事介紹，帶我混進某大銀行職工福利會的教室習畫。

我們每個星期都會抽一個晚上去畫畫，因為來上課的人都是真正對畫畫有興趣的上班族，學習的氣氛很好。可惜學生很多，老師只有一個，獲得指導的機會有限，多半時間還是以無師自通的方式學習。唯一的好處是每個星期都有機會畫畫，滿足了對學習美術的興趣。

那個畫室的習作方式和學校不同，並不會要求學生要在一、兩堂課之內完成一幅作品，老師任由學生選擇各自喜歡的石膏像及角度，隨你高興要畫幾個星期。於是大家都以慢工出細活的方式琢磨，往往畫了一、兩個月才完成一幅畫作。

可能是時間拖得很久，老師無法跟著每個人的每一筆隨時指導，當作品完成時，都共同出現一個奇妙的現象，就是不管怎麼看，每張畫都好像是自畫像。

個人的主觀意識很自然地融入於畫作之中，原本應該比例分明的石膏像素描，竟都一一流露出作畫者本身的神韻。

當時的我，只覺得這個現象很有趣，並沒有太多是非對錯的判斷。不久之後，銀行職工福利會更改課程，結束了素描課，我自己開始畫水彩，寫生的世界就從黑白變為彩色，素描課的無聊與艱苦漸漸從生命中淡去。

再次喚醒黑白記憶的，是因公認識了一位商業設計公司的主管，她是苦學出身的獨立女性。

無意中閒聊起她求學的經驗，白天上學、晚上打工，經濟困頓，必須省吃儉用。她每天買一個白饅頭，剝開一半。左半當晚餐吃；右半當作修改碳筆素描的擦子。聽了教我十分感動，每次看到素描作品，都會想起她的白饅頭。即使如此，我還是沒有真正喜歡素描課。白色的紙張，只有黑色的鉛筆或碳筆痕跡，單調、乏味，寂寞難耐。

畫了很多年的水彩，也玩起相機。彩色繽紛的世界，太有趣了，我從來沒有想要回頭去畫素描。

作畫的人，能以簡單的線條，意到筆隨地表達出豐富的感情，需要的不只是技巧的訓練，更是生命的磨練。

而人生就這麼走著走著，走到了熟年。原本堅持相信自己還是個孩子的我，總在父母消瘦的容顏和蒼白的髮際間，看到年華的滄桑。母親老了，父親走了，我必然也不再年輕。多采多姿的生命，穿過歲月的鏡片透視，黑白竟是最耐人尋味的色彩。

心境改變的，不只是視覺；而是整個青春沉澱之後的透徹與安靜。

從前我看到幾筆簡單的線條所勾勒的風景或人影，會愛不釋手地迷戀上它的單純乾淨；而現在的我，則會被那些簡單的線條震撼、感動。作畫的人，能以簡單的線條，意到筆隨地表達出豐富的感情，需要的不只是技巧的訓練，更是生命的磨練。由繁入簡，割捨了多少戀戀難了的愛慕。反璞歸真，所能留住的也就只有這些了。

站在簡簡單單、安安靜靜的一幅畫作前面，我常常覺得自己身入其境，而感動莫名。留白的地方是無盡的繁華成為過眼雲煙，隱沒在畫紙底層的是喧鬧的影像，飛逝在時間的掠影浮光中。於是，我看到的就只有這些，輕描淡寫的這幾筆。

內在的欲望加上充沛的能量，總會牽引著我走到該去的地方。在一位長輩的熱心協助之下，我終於有機會重回私人畫室，在每個週末的下午，安靜伏在遍灑陽光的桌前，用細細的鉛筆，深深淺淺地勾繪我的人生，是回顧、也是展望。

我的素描老師，以大型佛像畫作聞名。但他的素描基礎十分令人敬畏，一枝鉛筆到了他的手裡，竟成了一支魔棒，可以將他所見的任何的景物，以非常寫實的技法複製在畫紙上。

起初，我十分困惑。一位美術基礎深厚、並以寫實技法見長的畫家，最聞名的作品竟是最不寫實的佛像。誰看過真正的神佛呢？但是看見他的畫作的人都會心生虔敬地說：「像！」

老師知道我著迷於以簡單線條表現的圖畫，語重心長地指導說：「一定要有非常深厚的素描底子，才能畫好那麼簡單的畫。」他的說法，不無道理。一個人若非滿腹經綸，怎能三言兩語說出智慧的話語？

一心想拜師學藝的我，終於放棄過去對素描課的種種成見，一筆一劃重新來過。老師的教學經驗十分豐富，循序漸進、由淺入深，每一次安排的主題，都有他的用心。

學習素描的過程，像是人生的一種修行，一筆一劃在在展現出我的個性、我的心情。

據說，我來不及參加的第一堂課，畫的是一顆雞蛋。老師用最接近基本幾何圖形的物體，導引學生去掌握素描最基本的三個要素：形狀、光影、材質。這三個要素，組合成一件物體獨一無二的特色。於是，一個活現在畫紙上的雞蛋，不同於乒乓球、柳丁、芒果。甚至，你能一眼區分畫的是雞蛋、還是鴨蛋。

接下來，我依序畫的是紅蘿蔔、洋蔥、盛裝咖啡豆的麻袋、佛手、美國大蒜、白蘿蔔、玉米……看似簡單而其實最難的是——白蘿蔔。

有過畫紅蘿蔔的經驗，我以為畫白蘿蔔應該是輕而易舉的事。正式上這堂課時，我才發現那是一個很大的陷阱呢。洗淨後的白蘿蔔，還是有殘留泥土的痕跡，在它表面凹凸不平的紋路裡。一條初看之下十分素淨的白蘿蔔，其實有著非常豐富的「表情」。

掌握形狀、捕捉光影、表現材質時，很容易顧此失彼。以素描畫法，把白蘿蔔畫成黑蘿蔔，並不是笑話。能夠精確地畫好白蘿蔔，才能深刻體驗：白色到黑色之間的千萬種層次、光明與灰暗之間千萬種風情。

學習素描的過程，像是人生的一種修行，一筆一劃在在展現出我的個性、我的心情。平日看似溫厚細膩的我，其實是很不耐煩的。過度的精雕細琢對我來說，簡直比登天還難，但若不熬過這一段路，必然功虧一簣。

老師常指著我自以為是的習作說：「這是沒畫完的半成品……」每當日落黃昏，我急著想下課回家時，筆觸就開始變得混亂。所有的情緒，都透過畫筆，詳詳細細地展現在畫紙上，絲毫不能隱瞞。

畫好一幅寫實的素描，光有繪圖技巧是絕對不夠的，必須要用心靈的力量和主題作深度溝通、用生命和它對話。即使，只是一顆橘子、一個蘿蔔。唯有透過這樣的溝通和對話，才能將它的精神活生生地捕捉在畫紙上。有時，需要張開雙眼仔細觀察；但是，更多的時候，一定要睜一隻眼、閉一隻眼，才能發現黑白明暗的相對關係。

寫實的素描作品，百分之百是很感性、也很理性的結合。它讓我想到「科學」這兩個字。它的形狀比例、光影對比、材質表現，不能有任何誤差；但是它整體呈現出來的，卻是很抽象的美感。讓我不由自主地對著它發呆、傻笑。

星期六的素描課，成為我生活裡最快樂的時刻。其實，它的過程很辛苦，每次上課都有死裡逃生、重新活過一次的感覺，十分過癮。

上完課，我將寫生的靜物帶回家，看著畫過的洋蔥、佛手（編按：一種盆栽或地栽植物的果實。狀如觀音纖手，或握或伸，千姿百態，妙趣橫生。色澤金黃，象徵吉祥。）、大蒜……逐漸凋零，任由它們帶著我臣服於自然的力量，感傷之餘，更懂得珍惜與青春共處的時光。

簡單和繁複，都是美。藝術的欣賞，教會我們從表象看到內在。
在簡單與繁複之間，因彼此不同的生命經驗而激發精采的共鳴。

繼續深造，是為了進一步改造自己

深造，只是改造的手段之一；
改造，則是深造唯一的目的。
改造不見得要靠深造才能完成；
但不想改造，就會失去深造的意義。

連續參加兩年碩士班的考試，沒能如願申請到理想的研究所，她很徬徨——到底該堅持繼續考下去，還是乾脆找工作就業算了。若繼續參加碩士班入學考試，勢必得再耽誤一年的時間，而且她對下一次的考試並沒有太大把握。大概是讀書讀了太多年，她明顯感覺自己陷入一種膠著狀態，對題目和解答之間，失去把握的分寸。

另一個選擇是開始找工作，踏上就業之路。話雖簡單，做起來卻很不容易。台灣地區的大學錄取率，已經接近百分之百。換句話說，像她這樣擁有學士學位的大學畢業生，滿街都是。如果欠缺自我特色、也沒有特別專長，找工作，談何容易呢？就算真的找得到，也是很基層的職務，即使是認真做，在學歷的限制之下，將來升遷的機會恐怕也很有限。

長輩們給她一個看來兩全其美的建議：先找一份簡單的工作，安定下來。然後，利用下班時間補習，一年之後，再考一次。也許，可以在就業與升學之間，兩者兼得。

她將這個想法分別和學姊、學長商量。學姊已經在唸研究所，而學長則是以學士文憑就業多年。

學姊認為應該一次做好一件事，建議她放棄所謂「兩全其美」的念頭。不論專心繼續準備研究所考試、或努力拚事業，都比半工半讀的方式好。理論派的學姊還語重心長地勸她：「如果碰到不錯的主管，他很想栽培妳，一旦發現妳做不到一年就要回學校唸書，將在業界留下不好的紀錄，這也會影響以後畢業的學弟妹們找工作。」

而實務經驗豐富的學長，則提出另一種忠告：「我不能武斷地說：『妳不是讀書的料！』但至少這幾年下來，妳書讀得並不好，一定是某些地方沒有開竅。不如暫時打消繼續深造的念頭，直接進入社會工作。不論是多麼基層的工作，只要全力以赴，總會學到很寶貴的經驗。三、五年後，若有需要進修，再報考EMBA專為在職人員進修所設計的企管碩士班。EMBA的入學測驗，比較重視實際的工作經歷，而不會單憑筆試成績決勝負。」

正當這一番話讓她有所激勵時，她卻得到這樣的資訊：「台灣的EMBA，都是給有權有勢的企業家、或大公司一級主管唸的，一般的小職員沒有太多機會。」聽到這個消息，她整個心又涼了一截。

無論是「繼續升學」或「先行就業」，任何一種選擇，都有它隱含的機會成本。

到底該繼續深造學業、還是專心在事業打拚？這是很多人在面臨生涯規劃瓶頸時的困擾。任何一種選擇，都有它隱含的機會成本。從表面上來說，「學歷」的確愈來愈重要，但若完全棄絕就業的挑戰，一心要以「學歷」贏得「經歷」，也未必能夠如願。

另一位工作四年的職員，失去一次升遷機會之後，並未深入檢討真正的原因，憑直覺認為自己是敗在「學歷」不如另一個競爭對手。於是決定辭職，重新準備升學考試。主管接到辭呈，找他懇談。主管認為他很有潛力，鼓勵他不要中斷職涯，應該留下來繼續工作。

主管的看法是：「花一年時間準備考試，再用兩年的時間完成學業，總共是三年的時間。每個人的情況不同，但根據我對你的觀察，與其你把這三年的時間拿去唸書，不如拿來好好拚業績，對你的收入和升遷，幫助都比較大。」

主管的建言，自然有其道理。但誠如他所說的「每個人的情況不同」，未必同一道理都可以說服不同的當事人。其中，最關鍵的因素，應該是每個人的價值觀，不只是「人生追求的目標」，還包括「實現人生目標的方法」。

在學業上繼續深造，真實的意義應該是藉由知識的獲取，進行自我的改造。改造的內容，應該遍及人生觀念、做事方法、思考邏輯……等。

很遺憾的是，我發現目前很多年輕人，在這個部分的認知相當有限。每次受邀到大學演講，碰到應屆畢業生，我常問他們：「畢業之後，要馬上繼續升學、還是立刻就業？」答案不同，存在著南北兩地的文化差異。但平均來說，大約百分之七十會回答「繼續升學」，百分之十要「立刻就業」，另外百分之二十則是「不知道」。

若再追問那些選擇「繼續升學」的同學：「為什麼要深造？」一陣面面相覷之後，出現的回應不外乎「時勢所趨」「大學畢業生太多了」「現在的大學畢業生，還不如以前的高職畢業生」……等。他們說的都對，也都很有道理；當然，更是事實。不過，我覺得很可惜，沒有人回答深造的真正目的是——「改造自己」。

深造的目的，若不是為了改造，唸再多書都失去意義。甚至，其中還有一個反向的危機：深造的目的常常是為了堅持不肯改造自己，充其量只是努力維持現狀而已。

怎麼說呢？很多大學生，面臨「畢業即失業」的壓力，連想都不用想，就會選擇「繼續深造」。繼續唸研究所，目的只不過單純地想延緩面臨就業挑戰的時機，說穿了，是維持學生的現狀，而不是真正地想改造自己。

大學畢業若不繼續深造，出路會受到侷限。但必須提醒的是：深造之後，若不能改造，前途依然堪憂。

「找工作？再過兩年以後，再說吧。」這是現在大學生很普遍的想法。然而，兩年之後，就真的沒問題嗎？我的看法並不樂觀。以現階段各大學廣開碩士班課程的趨勢來看，「滿街都是大學生」的陳述，很快就要變成「滿街都是碩士研究生」。大家只不過把站到世界舞台競爭的時間，往後延緩兩年而已。兩年之後，是否真的沒問題？關鍵就在於——這兩年的深造，是否能夠改造自己，提升自己的競爭力。

我同意，在「滿街都是大學生」變成「滿街都是碩士研究生」的環境趨勢之下，大學生若不繼續深造，出路會受到很大的侷限。但必須提醒的是：深造之後，若不能改造，前途依然堪憂。

我認識一位長袖善舞型的女性總經理很多年了，由於她擅長交際，十分受到董事會大老的青睞，因緣際會之下，受聘為總經理。上任之後，公司業績連續兩年都不見好轉，她巧妙地把責任都推給她底下的高階經理，每年開完董事會，都會有一位高階經理被革職，除了充當她的替死鬼，也藉此展現她賞罰分明的魄力。

第三年，她被公司推選參加知名大學的EMBA課程，我在為她捏把冷汗的同時，也樂見其成，希望她能學到更豐富的經營理念或管理技巧，把公司搞好。

沒想到，她繼續在EMBA的校園裡像花蝴蝶般為自己做公共關係，並不熱衷於課業，大部分的報告及作業，都是由秘書幫她做的。好不容易才完成EMBA的深造，跟她談起話來依舊頭腦不清、沒有邏輯，公司的業績持續下滑，完全失去改造的能力。

還好，她十分幸運。可以說是整個大環境的經濟不景氣救了她，開起董事會來，振振有辭地贏得股東的體諒，她又風風光光坐穩總經理寶座。

她的案例，說明台灣不只會創造經濟奇蹟，當經濟不好的時候，也會創造升學奇蹟。

必須先充分認知「改造」的重要性和必要性，才能回頭重新評估「深造」的方式及管道。

最近這幾年，EMBA課程除了提供在職人士進修的功能，也成為某些大學用來開拓財源的工具。來此深造的企業家中，有一部分非常用功，但也有少數人「提著籃子假燒香」，沒有真正將學業進修當一回事，只是把它當成總經理的私人校園俱樂部，想要藉由經營人脈來拓展商機，甚至比讀書求學問更為積極。如果，連總經理的深造都無法完成自我改造，又該如何相信他會用新的理念拚經濟呢？

無怪乎，很多專家提出預警，台灣的EMBA課程，剩下的榮景十分有限，甚至會遇到招生的困難；反而是新加坡或中國大陸的EMBA課程，因為學制要求或課程設計的關係，有可能會更受到青睞。

這個趨勢，當然和整個政治與經濟的發展有關。但身處變動的大時代，想要掌握屬於自己的幸福，就不能昧於事實——安於現狀、懼怕改變，是人的天性之一；但，也不要忘記人們還有另一個天性是喜歡冒險、渴望改變。人們害怕為改變付出代價，卻往往忽略了一個事實：在該變動時若維持不變，將付出更大的代價。

在變動的環境中，若想追求幸福，有個秘訣，那就是：調整「安於現狀」和「勇於冒險」的平衡點。必須先充分認知「改造」的重要性和必要性，才能回頭重新評估「深造」的方式及管道。

換句話說：「深造」只是「改造」的手段之一；「改造」則是深造最終的目的。「改造」不見得要靠「深造」才能完成（自我進修也是可行的方法之一）；但不想「改造」就會失去「深造」的意義（即使有了碩士學位，能力並未升級）。

在業務管理上，我聽過一個經典的實例。

一位業績掛零的業務員，在檢討會時抱怨公司產品不好、制度差。老闆微笑地對他說：「也許真的是公司『產品不好』『制度差』，但另一位業務員卻可以領到百萬獎金，他同樣也在『產品不好』『制度差』的系統中推銷，成績卻截然不同。如果『產品不好』『制度差』是不能改變的，那就請你改變自己吧！」

根據台灣《天下雜誌》《Cheers快樂工作人雜誌》等平面媒體，歷年來多次調查發現，台灣民眾對「幸福感」的指標，都只是遊走在及格邊緣，尤其多人對職場、婚姻感到失望，因此覺得自己不幸福。

你是否也因為不滿現狀而找不到成功的方法嗎？那麼，試著改造自己吧。當自己改變的幅度夠大，就有機會可以影響身邊的人，讓他們因為你改造自己成功而深深感動，願意一起學習作出調整與改變。彼此就有機會可以換個角度，重新看見幸福。

今天的進步，來自於昨天的學習；
今天的學習，將造就明天的進步。

用理性分析、感性同情，走出溝通迷霧

模糊的溝通藝術很像東方的「太極拳」，如果想要「見招拆招」，必須先弄清楚對方為什麼不表態。當你不會因為心裡急著想拆穿對方而感覺痛苦，就能隨緣自在地接受他回答問題的方式。

這次同行出遊的朋友幾乎都是情侶，一對一對往前走，也不知道是朋友們有意湊合，還是他和她的腳步很有默契地放慢，漸漸地，兩個人一前一後落了單。一時之間，他鼓起勇氣，快步走向前，追著向她表白：「妳知道嗎？我已經喜歡妳很久了。」

並不感覺意外的她，仍然楞了一下。這一秒鐘的遲疑，並非覺得他唐突失禮，而是想著該如何回應。

最後，她紅著臉笑了笑，說：「謝謝！」接著快步追上其他一起來登山健行的朋友，若無其事地和大家嘻嘻哈哈過了一個愉快的週末。

其實，他和她認識半年多了，每次都是一群朋友出來玩。登山、烤肉、看電影、唱KTV……有的是日久生情、有的是早已經開始追求，很自然從普通交往的朋友，形成一對又一對相戀的情侶。

個別約會的次數多了、像這樣團體出遊的機會反而減少。難得見面的時候，朋友們總會在私下的場合個別對還是單身的她和他起鬨，「他（她）不錯喔！千萬不要錯過這麼好的人。」本人不急，倒真的急壞了身邊所有的人；只有他們兩個老神在在，彷彿好整以暇就只等著對方先開口，而這一天，為了表現對女士的尊重，終於他先開了口。

「妳知道嗎？我已經喜歡妳很久了。」他試探她的反應。

「謝謝！」她答。

簡單的問答，卻充滿了玄機。正因為他不急，所以也沒有打破砂鍋問到底。當場既不痛苦、也不尷尬；回家以後，才開始覺得奇怪。就像是夏日的午後，到郊外去遊玩，突然被蚊子叮到，起初沒感覺，後來開始癢。然後，愈抓愈癢。

「謝謝！」這到底是什麼意思？他打電話問了同行中最要好的朋友，對方也不能確定，只給他兩個思考的方向。一個是：「謝謝你曾經愛過我。」另一個是：「敬謝不敏。請不要再打擾我。」

週末結束，遇到一位學長，看他魂不守舍的樣子，問了原委。這位學長又給了他第三種解釋：「謝謝你的厚愛，請讓我考慮一下。」

第一次，他發現要把國文學好，真是很困難、卻又很重要的事。「謝謝！」兩個字，竟然有這麼許多不同的詮釋。

「接下來，怎麼辦呢？」他請教了很多愛情經驗比他豐富的人。

大家的回答都很一致：「追求愛情要努力，請你再接再厲，過些時候自然就會明白她的心意了。」

有趣的是，他果然很努力地展開追求，單獨約她登山、烤肉、看電影、唱KTV……她的態度雖不是有求必應、但也不是毫無反應，有時爽快接受、有時藉故推託，他的感情就這麼陷入五里霧中。

女方很可能是採用拖延戰術，企圖以曖昧的「時間」換取更多選擇對象的「空間」。除非男方給予時間的壓力，以積極的行動探問個水落石出，否則一時之間，可能難有定論。

或許，連女方都沒法確認自己到底是不是真的喜歡對方？很有可能只是停留在「印象不錯」，但，是否真的值得正式「深入交往」，還尚待觀察呢。

模糊的回答，永遠可以給別人無窮的想像空間。在「進可攻；退可守」的分寸之間，等待下一步的決定。

還有另一個實際的案例，發生在為了小事吵架而冷戰了幾個月的一對情侶身上。他們交往了很多年，對彼此的個性脾氣算是十分了解，但仍經常為了一些小事吵架，誰也不肯先低頭妥協。這樣的烏龍事件發生次數多了，連雙方都覺得累。

一個夜裡，她以手機發送訊息給他：「如果你想分手，我願意讓你自由。」

「晚安！」這是他回覆給她的簡訊，完全不置可否。

在不算短的冷戰期間，幾位居中協調的朋友看不下去，跳出來問他：「你是不是不要這段感情了？」

「我哪有這樣說。」他為自己辯駁，但語氣裡完全聽不到其他想挽回感情的訊息，從行動上也看不出他有任何的努力。

時間久了，大家都覺得他們倆的感情大概沒藥醫了，誰也沒想到最後他們還是決定在一起。

接到結婚喜帖時，朋友們都跌破眼鏡地大叫：「不是冤家不聚頭。」

雖然不知道他們婚後到底過得幸福與否，愛情長跑後能步上結婚禮堂，至少稱得上是歡喜結局。

另一個女性朋友的經驗，可就沒這麼圓滿了。

剛開始的時候，是男友先追求她的。為了表現矜持的態度，她還拿些類似像「今天正好有事，但是下個星期可能就比較有空了。」的理由推擋了好幾回，才開始正式約會。

感情的進展，算是非常順利，一路走下來，數數日子，不免心驚，已經算是「高齡情侶」。她自己倒是覺得還好，親友們卻都擔心她從現在的高齡情侶，晉升為將來的高齡產婦，於是開始有了逼婚的動作。

常掛在老爸老媽口中的是：「我們都這麼老了，只有對妳這件事最不放心，將來誰照顧妳啊。」說話口吻十分甜蜜，仔細一聽就嗅出「以死相脅」的氣氛。

見到老同學，最常聽的招呼語就是：「來，快叫阿姨！我們小寶唸幼稚園大班囉！」回家之後，她仔細盤算一下，就算明天就結婚，自己的小孩出生時，同學的孩子已經上小學。

親友給的壓力，還真的不小，她盡力阻擋。累積多了，就如排山倒海，怎麼擋也擋不住。於是，不得已地把壓力轉向他。

一次如同往日的約會，結束前，她突如其來地問他：「你有什麼打算？」

他慎重地回答：「讓我仔細想一下。」

這個反應，雖不令她滿意，但勉強還可以接受。

至少對方並沒有裝傻，也沒有顧左右而言他。只要她懂得溝通的方法，過幾天以溫柔地語氣追蹤一下：「請問你要仔細想到什麼時候？別讓我等太久喔！」預設一個截止時間，雙方可以擇期再討論，就不會毫無期限地延遲下去，甚至不了了之。

在此之前，她還聽過一個好友陳述向男友逼婚的經驗，對方男友竟說：「我不知道妳在說什麼？」差點讓女方當場昏倒。

表面上有問必答，但明顯地顧左右而言他，會讓等著要答案的人，完全無法聽懂真正的意思。

我曾私下統計過「男人回應女友逼婚時最常用的說法」，大致的排行順序如下：

等我再多存點錢再說吧！

經濟條件，的確是情侶婚前很在意的重點，問題是：到底要存多少錢才夠？更現實的問題還有：要等幾年才能存夠錢？一般上班族的月薪是固定的，若沒有重大的投資理財計畫，用最基本的算式就可以計算出等待的年限。除非，中了彩券，否則遙遙無期的日子，很可能讓雙方對結婚的誠意和動力都消失不見。

等我工作穩定些再說吧！

基本上，這個說法跟前面那個差不多，但至少金錢還有辦法計算，所謂的「工作穩定」就更抽象了，甚至根本無法想像。很顯而易見的，這個說辭的重點，其實是在後半部「再說吧！」這三個字。

我回去和爸媽商量一下！

如果平日他真的很孝順、或有龐大的家產，這個商量是必要的，也是值得等待的。如果他既不孝順、也沒家業，很顯然是完全沒有準備之下，被拷問所提出的推託之辭。

▨我很想也聽聽你的看法！

看起來，這個人若不是很有誠意，就是上過很多「人際溝通」課程。這種回答方式，也許無助於婚期的決定，但至少是個滿有EQ的溝通模式，可以好好談一談。

當提出結婚的想法，等待男友回應時，一般女性最怕聽到的答案是：「等妳協助我把債務還完……」還有更離譜的：「等我回家和太太協議……」當發現所託非人，趕快離開，永不嫌晚。

最莫可奈何的，是碰到完全不回應的男人。當被問到：「你有什麼打算？」時，他不動如山，根本沒有辦法往下談。

為什麼這麼多的人，都喜歡採取「模糊策略」，在愛情面前打馬虎眼呢？最近這幾年，不是很流行提倡「說清楚、講明白」嗎？但你有沒有發現，大多數被質疑的事件，往往是「說不清楚、也講不明白」！

想要「見招拆招」，必須先弄清楚對方為什麼不趕快表態。就算不求勝也可全身而退，不至於陷入五里霧中的迷惑。

其實在科學研究領域，有所謂的「模糊理論」。英文叫做「fuzzy」，也被翻譯成「乏晰理論」。主要是研究介於「0」與「1」、「是」與「否」之間的非邏輯運算現象，對很明確兩個極端物件的中間地帶做觀察，並分析它細部變化的趨勢，廣泛被應用在電腦、物理、醫學、工程、機械……等範疇。舉個生活化的例子來說，若駕駛飛機從台北到上海，目標是確定的，但起飛之後，必須一再校對方位、修正航線，才能準確地在浦東機場降落。「模糊理論」即可被應用在校對方位、修正航線的過程中。

模糊的藝術也很像「太極拳」，它一直是在中國民間流傳甚久的養生之道，但也常被用來隱喻人際溝通時的迴避與模稜。如果想要「見招拆招」，必須先弄清楚對方為什麼不趕快表態。就算不求勝也讓自己全身而退，不至於陷入對方如入五里霧中的迷惑。

一般而言，回應關鍵問題時選擇「模糊策略」，動機不外乎是：

自己真的還沒有想清楚。

有些人不是不敢面對現實，而是缺乏長期規劃，突然被問到：「是不是可以做進一步的朋友」「暑假要不要出國遊學」這一類問題時，為了幫自己爭取做決定所需的時間，只好暫時先一筆帶過，「到時候看看再說……」這句話從字義上來解讀，並沒有立刻否決的意思，卻是慣用緩兵之計的人最常掛在嘴邊的話。

騎驢找馬，走一步算一步。

當事人並非沒有想清楚，而是已經考慮周延了，只不過在下一個目標還沒有出現之前，不願意輕易鬆口。一來暫時給對方保留一些期望，二來不會讓自己在瞬間兩頭落空。他們最常應用的語句是：「我正在忙別的事，等手頭上的事告一段落，會盡快回覆你。」

怕直接拒絕會太傷感情。

藉著耗時間讓發問的人自己打退堂鼓，以免直接說「不」會傷了彼此和氣。「我怕自己配不上你」這種話講得太客氣了，讓聰明的人一聽就覺得虛偽。若換成「我會慎重考慮」接著消失好長一陣子，對方慢慢就知道是怎麼一回事了。

當你不會因為心裡急著想拆穿對方而感覺痛苦，就能隨緣自在地接受他回答問題的方式。

若是遇到對方大打「太極拳」的溝通方式，不妨試試下列對策，可供「見招拆招」時參考。

評估自己究竟有多少時間和對方耗。

通常，在商場上，時間是個談判的優勢，可以在時間截止時逼對方就範。在愛情方面，擁有足夠的時間和對方耗，卻不見得是利多。她二十歲時不愛你，若三十歲時才願意愛你，有可能是她歷經十年後發現：同樣老了十歲的你是個寶。更多的可能卻是她發現：再過十年以後，她會沒有人要。

表現出你也只不過是隨興問問而已。

很多問題的本身，並沒有意義。答案的內容，也不要緊。問的人不但不急，也不會因為對方的答案是肯定、還是否定，就影響自己的決定，只不過是想知道答案而已。和舊情人重逢時問：「你過得好嗎？」或問現在的情人：「再過十年，你會比現在更愛我嗎？」像這種問題，答案愈模糊、愈有想像空間，愈能讓進行溝通的兩個人覺得有意思。

為可能的最壞結果做好充分的準備。

對方不肯即時表態，把話說清楚，這種溝通方式所帶給你真正的痛苦，是那種不確定的感覺。而克服這個痛苦最好的方式，莫過於事先為可能的最壞結果做好充分的準備。

所謂的「無欲則剛」哲學，是此刻最好的應對之道。歌手張惠妹唱過一首歌〈原來你什麼都不想要〉，唱得惆悵心碎。在現實的生活裡，若必須接受不好的結果，事先預料，總比夢醒以後才知道來得更好。

有了這些基本的對策做為心理準備，不但能夠欣賞溝通之中如霧起時的美感，也比較容易走出溝通的迷霧。當你不會因為心裡急著想拆穿對方而感覺痛苦，就能隨緣自在地接受他回答問題的方式。

像「你知道嗎？我已經喜歡你很久了。」「你是不是不要這段感情了？」「你有什麼打算？」這種很關鍵性的問題，得到類似「謝謝！」「我哪有這樣說。」「讓我仔細想一下。」這些很模糊的答案時，就會很智慧地撥雲見日，看見生命中清朗的天空裡，其實還有其他更值得關懷的事。

在溝通中，發現謙卑的力量

「體諒」，有時候比「清楚」更重要。
遇到不清不楚的情況時，可以用體諒解開謎團、理出方向。

夢想，不只是做夢和想像而已

夢境的確可以反應一個人心裡的欲求、或是恐懼，
因此帶來人生的啟發。
但改變人生，一定要靠——
正確的觀念、有效的方法、和積極的行動。

她醒來時，他還在夢中。場景是熟悉的，心情卻陌生。趕著弄早餐的她，烤麵包時，聽見丈夫起床盥洗的聲音。

結婚以後，每一天都是這樣開始的。

她知道，然後他們會坐上餐桌，很快地把簡單的美式早餐吃完。她知道，然後丈夫會送孩子去托兒所，她自己搭捷運去上班。她知道，然後忙碌完一整天的工作，三個人又回到這個屋簷下。

曾經有一家通訊業者推出企業形象廣告，強調人與人之間的心靈距離，明顯標示枕邊人的數字是八千多公里，打動不少都會男女的心。而她，就是其中那一位。幾次看到廣告結束前的文案——「現在，你在想誰？」她瞬間流淚。

在辦公室裡，另一項很具震撼力的市場調查蔓延在同事們茶餘飯後的八卦討論中。根據《讀者文摘》雜誌發表「台灣已婚民眾對配偶忠誠度調查」，結果顯示：百分之三十三的受訪者曾經對配偶隱瞞秘密；百分之七十的人希望夫妻間多談論「性生活」、或「婚姻生活樂趣」之類的話題；百分之六十的人希望配偶熱情一點；百分之六十四的人希望配偶向自己多談些關於個人的問題。此外，大約有一成的已婚民眾想要有婚外情。

然而，最吸引她注意的卻是此項調查的另一項數據：「雖然很多人表示滿意婚姻生活，可是百分之二十八的受訪者表示，曾希望早上一覺醒來，發現自己還沒有結婚。」

雖然，她的丈夫從未對她有過具體的怨言。但她真的相信：如果由丈夫來接受這項調查，他應該會希望一覺醒來是單身。

熬不過中午，她打電話給我：「為什麼我會有這種可怕的念頭？」

「是妳自己有、還是妳認為丈夫有？」為了慎重起見，我必須試著釐清她的疑慮。

「當然是我認為我的丈夫會這麼想。我是個有小孩的媽媽，怎麼可能會這樣想！」她快速說明她的擔心。

畢竟，朋友一場，我不能說這是不必要的多慮。面對她的不安，我似乎也看到很多像她一樣的人，在婚姻中孤獨地走在鋼索上，明明下面已經佈好避免發生意外的安全網，但依然覺得自己隨時會掉下來。

於是，我用另外一種方式安慰她。「其實，妳不用害怕。如果，妳確定丈夫是其中那百分之二十八的受訪者，希望自己一覺醒來是單身，反而應該覺得安心。」

沒有行動力的人，滿腦子只會想東想西，純粹都是對現實生活的埋怨和不滿。

這個推論，以邏輯來說，確實有點弔詭。因為，在我的觀察裡，那些希望自己一覺醒來人生就有很大的改變，都是屬於比較會做白日夢的人。

他們沒有真正的行動力，只會滿腦子想東想西，純粹都是對現實生活的埋怨和不滿。如果，你的配偶也是這種人，你根本無需擔心他會拋棄婚姻或搞外遇，因為他真的沒那個力氣。他們這種人最典型的生活習慣，就是一下班回家，整個人賴在沙發上，像「麻糬」般黏在他既有的習慣裡，根本沒有改變現狀的能力。

希望自己「一覺醒來是單身」的人，配偶真正該擔心的，不是他對婚姻的厭倦，而是他對生活的惰性。

相信嗎？如果他一覺醒來真的變成單身，再重新問他一次，他一定又反悔了，希望自己再睡一覺醒來又恢復婚姻狀態。不過，他可能有附帶條件，貪心地希望生活有些改變，例如：配偶條件更好、小孩更聽話、財產更富有。這世界都在他的一夢之間改變了；唯有他自己，總是以不變應萬變。

值得注意的倒是這份「已婚民眾對配偶忠誠度調查」，除了台灣之外，也在美國及澳洲做了同樣的調查，比較其結果，顯示這三個地方的已婚人士，對婚姻的態度有所不同。百分之二十八的台北已婚民眾希望自己早上一覺醒來是單身，而美國持相同樣態度的已婚者只有百分之十六，澳洲則是百分之十八。

數字背後有兩個可能的意義：美國和澳洲的已婚民眾對婚姻的經營比較用心，所以對婚姻品質的滿意程度稍高。另一個可能則是：美國和澳洲的已婚者比較有行動力，當婚姻品質變得不好時，他們會採取具體的行動，改善或離開。

在這個不進則退的競爭時代中，
如果不努力去做該做的事，你的明天只會比昨天更糟。

夢醒時分，人生有沒有可能因為睡了一覺而有很大的改變？關鍵不在於你夢到了什麼，而是睡前和醒來之後，你做了什麼？

曾有一支化妝品的廣告影片，內容描述一位專業芭蕾舞者，在前一天的彩排中看起來容光煥發，一覺醒來要上場演出，才被發現臉色黯沉。指導人問她：「妳昨天晚上做了什麼？」她說：「我什麼也沒做啊？」

這支廣告以「因為你什麼也沒做啊！」一語雙關的幽默，提醒觀眾注意夜間保養的重要性。但也直接點出了生活的道理——在這個不進則退的競爭時代中，如果你不努力去做該做的事，你的明天只會比昨天更糟。

同樣是做白日夢，夢醒時分的人生，也有天壤之別。成語典故中的「南柯一夢」和「黃粱一夢」，講的都是唐朝做白日夢的人，但醒來之後，前者因空歡喜一場而感慨萬千，後者竟因而看破紅塵，修行去了。

「南柯一夢」的典故，源自唐代小說《南柯太守傳》。有一個俠義之士，名叫淳于棼，他為人豪放任性、不拘小節。雖曾做過副將，但因酒後鬧事，而被免除官職。

淳于棼家的南邊有棵大槐樹。有一天他生日時在樹下設宴待客，喝得不省人事。朦朧中，兩位穿著紫衣的使者，駕著一輛馬車載他往大槐樹的方向駛去，過了山洞，來到一個世外桃源。他到達「大槐安國」，迎娶公主，做了「南柯太守」。勤政愛民的他，威風八面，榮華盡享。

正當得意的時候，檀夢國突然攻打南柯郡，淳于棼勇敢迎戰，打了勝仗。但他的愛妻卻意外病故。淳于棼非常悲慟。國君勸他返鄉探親，紓解心情；他向國君辭行，一個人坐上簡陋的馬車離開了大安槐國。回到家中，卻看見自己躺在廊下睡覺，有人正在叫他的名字。猛然驚醒的他，才知道這一切竟只是一場好長、好長的夢。

醒來之後，他回頭再找「大槐安國」，走出門才看到原來他家的槐樹下有一個很大的螞蟻窩！他不禁感慨人生只不過是幻夢一場。因此，被稱為「南柯一夢」。

另一部唐朝作品《枕中記》，提到赴京趕考的書生盧生，在邯鄲旅店裡遇見一位道士。他向道士訴苦，說自己生不逢時，想要求得功名，才能享受榮華富貴。道士給盧生一個青瓷枕頭，告訴他睡在枕上就可以達成願望。

正當店家蒸黃粱的時候，盧生睡著了。在夢中，他不但考取狀元，還娶妻生子，富貴榮華，一生到老。做了五十年的官、活到八十歲才過世。但一覺醒來，他才發現這只是一場漫長的夢。而夢醒的時候，店家的黃粱都還沒有蒸熟呢！

「黃粱一夢」的故事，因此代代相傳。元朝的馬致遠寫了「黃粱夢」，明朝湯顯祖寫了「邯鄲夢」，而清朝蒲松齡的聊齋誌異裡，也有「續黃粱」等典故。

值得一提的是：盧生的黃粱一夢，令他在夢醒之後大徹大悟。他不再赴京趕考，反而收拾行李，入山修行去了。

幸福，通常不會像中了彩券般的降臨。不幸，卻常常在一覺醒來之後，冷不防地上門。

不只東方古典文學，以故事探討夢境；西方心理學大師佛洛伊德，深入研究夢境與潛意識的關係。我相信夢境的確可以反應一個人心裡的欲求、或是恐懼，因此帶來人生的啟發。但改變人生，不能只靠「夢境」的啟示或「夢想」的憧憬，一定還要配合正確的觀念、有效的方法、和積極的行動，才能讓美夢成真、讓噩夢遠離。

我其實最怕碰到那些只會埋怨現狀，而遲遲不肯付諸行動去改變現狀的人。

有一位認識多年的朋友，從三十幾歲就嚷嚷著上班很無聊，要開一家夢想的美式早午餐店。這麼多年來，他沒去學廚藝、也不去精進管理，卻花很多時間抱怨產業環境差、公司福利不好、物價攀升、店租不降……至今他已經快要五十歲了，不但沒有踏出任何一步，還停留在原來的單位日夜擔心自己年紀大了，可能會被公司列入提前「優退」名單。

我還經常在朋友聊天中，聽到類似以下的說詞：「我如果再瘦一點就好了。」「如果能多存一點錢，該有多好！」「這裡同事很難相處，若是換個工作就可以不用再跟豬頭為伍。」「要是我的小孩能夠聽話一點，我就滿足了。」……這些碎碎唸，猶如空口說夢話，而且充滿負面情緒，聽了就讓人難過。

想要瘦身，必須控制飲食、規律運動。想要富有，必須開源節流、學習理財。想要換工作，至少要準備履歷表。想要孩子聽話，必須要先學會聽孩子的話。

一些小小的行動，日積月累之後，會給人生帶來大大的改變。但是，一味地埋怨或空想，只會讓人生停滯不前。如果你因為懼怕風險而不肯採取改變的行動，其實你是冒了更大的風險。因為環境在變、趨勢在變，若堅持「以不變應萬變」，一定會落伍，甚至坐以待斃。

幸福，通常不會在你一覺醒來之後，像中了彩券般的降臨。不幸，卻常常在你一覺醒來之後，就冷不防地上門。

舉一些最直接的案例吧。之前在電腦公司的同事，一覺醒來後，突然發現自己「落枕」，脖子無法自然轉動，疼痛不堪。

本來以為只是一夜之間睡姿不良，沒想到痛了幾天都沒有好轉。根據醫生診斷，說他長期姿勢不對，而且生活壓力過大，導致脊髓神經受到壓迫，強迫他戴頸部護圈，經歷半年多的長期服藥並且接受復健治療，才逐漸康復。

另一個朋友情況也很慘。他一覺醒來，發現自己右嘴角往上翹，左嘴角卻不太有動作。最初還以為自己輕微中風，但因為一直沒有高血壓的病史，不敢輕易判斷。經醫生診察之後，才確定為「貝爾氏顏面麻痺」。

這是顏面神經麻痺的一種，多半為不明病毒感染。有可能會自行痊癒，不需要特別的藥物。但若因為病毒感染導致發炎，醫生會給予口服類固醇處方治療。從感染到痊癒，有些人需要幾個月到半年的時間。

雖然這些都是突如其來的小小災禍，但是只要勇敢面對問題、並且及早行動，還是可以將傷害減到最低，也會替自己爭取到復原的機會。

藉由這兩個小案例，給喜歡做白日夢的朋友一些友善的建議：高枕未必無憂；人無遠慮、必有近憂。還是及早做好人生規劃，積極採取行動吧！

在行動中，
發現謙卑的力量

夢想，很偉大。腳印，很渺小。但夢想和腳印，卻都很重要。
有想法；也要有做法。付諸具體的行動，才會美夢成真。

謙卑的力量

放下，才是真正的抵達

作　　者 | 吳若權 Eric Wu
發 行 人 | 林隆奮 Frank Lin
社　　長 | 蘇國林 Green Su

出版團隊
總 編 輯 | 葉怡慧 Carol Yeh
企劃編輯 | 鄭世佳 Josephine Cheng
責任行銷 | 陳奕心 Yihsin Chen
封面裝幀 | 楊啟巽工作室
內頁排版 | 黃靖芳 Jing Huang

行銷統籌
業務處長 | 吳宗庭 Tim Wu
業務主任 | 蘇倍生 Benson Su
業務專員 | 鍾依娟 Irina Chung
業務秘書 | 陳曉琪 Angel Chen・莊皓雯 Gia Chuang
行銷主任 | 朱韻淑 Vina Ju

發行公司 | 悅知文化　精誠資訊股份有限公司
105台北市松山區復興北路99號12樓
訂購專線 | (02) 2719-8811
訂購傳真 | (02) 2719-7980
專屬網址 | http://www.delightpress.com.tw
悅知客服 | cs@delightpress.com.tw
ISBN：978-986-510-050-6
建議售價 | 新台幣350元　首版一刷 | 2020年01月　首版六刷 | 2021年03月

國家圖書館出版品預行編目資料

謙卑的力量：放下,才是真正的抵達 / 吳若權著 -- 初版. -- 臺北市：精誠資訊, 2020.01
面；　公分
ISBN 978-986-510-050-6 (平裝)

863.55　108020748

建議分類 | 心理勵志・勵志散文

攝影團隊

攝　　影 | 謝文創　攝影協力 | 宋美芳　妝　　髮 | 張馨元
造　　型 | 游亦舫　髮　　型 | 莊玉鼎・楊牡丹
眼鏡造型 | 楊書維（玩・美鏡 02- 87726679）

廣	告	回	信

平信、免貼郵票
台灣北區郵政管理局登記證
台北廣字第1531號

SYSTEX making it happen 精誠資訊 | dp 悅知文化 Delight Press

精誠公司悅知文化　收

105 台北市復興北路**99**號**12**樓

- - - - - - - - - - - - - - -（請沿此虛線對折寄回）- - - - - - - - - - - -

讀者回函

《謙卑的力量》

感謝您購買本書。為提供更好的服務，請撥冗回答下列問題，以做為我們日後改善的依據。
請將回函寄回台北市復興北路99號12樓（免貼郵票），悅知文化感謝您的支持與愛護！

姓名：＿＿＿＿＿＿＿＿＿＿＿＿ 性別：□男 □女 年齡：＿＿＿歲

聯絡電話：(日)＿＿＿＿＿＿＿＿＿＿ (夜)＿＿＿＿＿＿＿＿＿＿

Email：＿＿＿＿＿＿＿＿＿＿＿＿＿＿＿＿＿＿＿＿＿＿＿＿

通訊地址：□□□-□□ ＿＿＿＿＿＿＿＿＿＿＿＿＿＿＿＿＿＿＿＿

學歷：□國中以下 □高中 □專科 □大學 □研究所 □研究所以上

職稱：□學生 □家管 □自由工作者 □一般職員 □中高階主管 □經營者 □其他＿＿＿＿＿＿

平均每月購買幾本書：□4本以下 □4~10本 □10本~20本 □20本以上

- **您喜歡的閱讀類別？(可複選)**

□文學小說 □心靈勵志 □行銷商管 □藝術設計 □生活風格 □旅遊 □食譜 □其他＿＿＿＿＿＿

- **請問您如何獲得閱讀資訊？(可複選)**

□悅知官網、社群、電子報 □書店文宣 □他人介紹 □團購管道

媒體：□網路 □報紙 □雜誌 □廣播 □電視 □其他＿＿＿＿＿＿＿＿＿＿

- **請問您在何處購買本書？**

實體書店：□誠品 □金石堂 □紀伊國屋 □其他＿＿＿＿＿＿＿＿＿＿

網路書店：□博客來 □金石堂 □誠品 □PCHome □讀冊 □其他＿＿＿＿＿＿＿＿

- **購買本書的主要原因是？(單選)**

□工作或生活所需 □主題吸引 □親友推薦 □書封精美 □喜歡悅知 □喜歡作者 □行銷活動

□有折扣＿＿＿＿折 □媒體推薦＿＿＿＿＿＿＿＿＿＿＿＿＿＿＿＿

- **您覺得本書的品質及內容如何？**

內容：□很好 □普通 □待加強 原因：＿＿＿＿＿＿＿＿＿＿＿＿＿＿＿

印刷：□很好 □普通 □待加強 原因：＿＿＿＿＿＿＿＿＿＿＿＿＿＿＿

價格：□偏高 □普通 □偏低 原因：＿＿＿＿＿＿＿＿＿＿＿＿＿＿＿＿

- **請問您認識悅知文化嗎？(可複選)**

□第一次接觸 □購買過悅知其他書籍 □已加入悅知網站會員www.delightpress.com.tw □有訂閱悅知電子報

- **請問您是否瀏覽過悅知文化網站？** □是 □否

- **您願意收到我們發送的電子報，以得到更多書訊及優惠嗎？** □願意 □不願意

- **請問您對本書的綜合建議：**＿＿＿＿＿＿＿＿＿＿＿＿＿＿＿＿＿＿＿＿＿＿＿＿

- **希望我們出版什麼類型的書：**＿＿＿＿＿＿＿＿＿＿＿＿＿＿＿＿＿＿＿＿＿＿＿

謝謝您！我突然頓悟，是我自己的態度：自以為是，不自量力，不了解他人眼中的自己是何許人也。學習謙卑、臣服，才能讓路走得更遠。

—— Stacy Chen

很感謝您，不管是有聲書或無聲書，像是心靈導師般引導著每一步。當心不夠堅定時，會打開你的書房。一直重複看著影片。告訴自己，我會好好的。

—— 花佩佩

在父親生病住院期間，因《謙卑的力量》這本書裡的＜生死的謙卑＞這篇文章，給了我支撐的力量，謝謝您。

—— 張毓伶

在書店看完這則＜思慕的謙卑＞，決定很符合人心，就買了 。

每個人做的選擇，一定都是經過「他們」思考後所執行的。不過，仍有些人會對其他人的選擇有匪夷所思的想法，但我覺得那是價值觀的差別。我也不需要拿我的價值觀套在他人身上，每個人的家庭，讀過的書，走過的路，肯定不同，就算相同，思考也不盡相同。

最後謝謝您寫的這則＜思慕的謙卑＞故事，讓我更認識自己以往的行為。

—— 蕭博鴻

（※ 以上內容，皆已取得當事人同意轉載）

來自讀者的話

每次看完您的書，總是滿滿的收獲也是精神糧食，即使身心俱疲，而讓我重新擁有動力再出發，繼續為自己夢想而努力著，我會繼續支持吳大哥的書。

—— Bruce Lee ta

每次翻開老師的文字，心裡都有滿滿的感動，每篇文章讀起來，都有著對讀者的提醒和叮嚀，每句話都充滿溫暖，就像一位多年的好友在你身旁一樣的問候，讓人感覺很貼心，讓人想要閱讀收藏，細細品味書裡老師的用心。

—— 劉宜芳

感恩有您的書，陪伴了我十多年。在面對父親的離世久久未能釋懷，一直都活在愧疚的生活中。但是看了您在《謙卑的力量》所描述您與父母之間的事情，讓我懂得怎麼放下，也回憶了很多以前和父母親在一起的點點滴滴。

—— 見心

謝謝您的書，在頭腦或是心情遇到低點時可以給我一些暖流，成功轉換為力量，繼續走在想走的道路上。

—— 劉靜芳